斬るは主命

奥小姓 裏始末 1

青田圭一

二見時代小説文庫

目次

斬るは主命——奥小姓《おくごしょう》 裏始末 1

序章　手の合う二人

一

抜く手も見せぬ一刀だった。

地回りは悲鳴を上げて目を閉じる。

「ひ！」

頭が妙に軽くなった。

恐る恐る開いた目の前に、元結《もとゆい》で束ねた髪が転がっている。

流行《はや》りの本多《ほんだ》に結っていた髷《まげ》だ。抜き打ちに斬り落とされたのだ。

見かじめ料を払わぬ縄張り内《うち》の町道場を潰《つぶ》した時、庭に置き去られた巻き藁《わら》を長脇差《ながどす》で試してみたことがある。上から斜めに削いでいくのは思ったよりも簡単だったが鞘《さや》から抜き放ちざま斬ろうとして上手《うま》くいった者は一人もいなかった。

しかも髷だけを狙い斬るなど、噂に聞いたこともない。

今宵は襲う相手を間違えた。再び刀が抜き放たれた時は髷どころか頭の鉢まで、一刀両断にされてしまうに違いない。

「噂に聞いた直参《じきさん》狩り、この程度か」

刀を納めながら呟《つぶや》く相手の声は若かった。

黒羽二重《くろはぶたえ》の着流しに独鈷《とっこ》模様の帯。素足に雪駄《せった》履き。

袴《はかま》を略した姿でも大小の刀を帯びているので士分と分かる。縮緬《ちりめん》の布で覆面をして二つの眼《まなこ》だけを覗かせていた。

「遠慮はいらぬぞ。いま一度かかってこい」

乾いた声で呼びかけられた。

「ご勘弁くだせぇまし、お武家様ぁ」

哀願する地回りは、河岸《かし》に尻もちをついたまま動けない。髷を断たれる前に柔術の荒技で投げられ蹴られ、足腰が立たなくされていた。

長脇差は鞘ごと取り上げられ、傍らを流れる神田川《かんだがわ》に叩き込まれた。

懐に忍ばせていた匕首《あいくち》も、同様に棄てられた後だった。

歯向かう手だてを失った地回りのざんぎり頭を、容赦なく風が嬲《なぶ》る。

霜月《しもつき》の末に至り、天明《てんめい》七年（一七八七）も残すところひと月余り。

夜が更けて人通りの絶えた神田川の河岸を吹く風は、ただでさえ歯の根が合わぬ程に冷えきっていた。

「もう歯も足腰も立ちやせん。どうかお見逃しくだせいやし」

「情けない声を上げるでない。おぬしたち、武士より腕が立つのだろう」

「そいつぁ相手によりけりで……」

「左様に申さず、奥の手でも見せてみろ」

「そんなご無体な」

「早う致せ」

非情に促す若者の周りには仲間が三人、髷も気も失って倒れている。四人がかりで因縁を付け、返り討ちにされたのだ。

ゆすりたかりで稼ぐ地回りにとって、今日びの武士はいいカモだった。

大名屋敷に勤番の藩士、いわゆる浅葱裏《あさぎうら》の中には思わぬ腕利きもいて油断できぬが、将軍の直臣《じきしん》である旗本と御家人は呆れる程に弱かった。武士の表芸《おもてげい》であるはずの武術が身についていないどころか、身分の証しの刀を鞘から抜き差しするのもままならず、寄ってたかって袋叩きにされても土下座《どげざ》して命乞いをすることしかできずにいた。

世も末といったところだが、昨今の日《ひ》の本《もと》は地回りに限らず、堅気《かたぎ》の衆も暴力沙汰《ざた》に及ぶほど治安が悪い。

数年来の飢饉《ききん》による米不足に伴い、全ての物価が高騰《こうとう》したせいである。

今年は大名が治める諸国ばかりか、将軍家お膝元の江戸市中でも町民たちが暴徒と化し、更に値を吊り上げようと売り惜しみをした米屋や富裕な商家を奪う打ちこわしが頻発《ひんぱつ》していた。

農村は風水害で田畑が荒れ果て、復興など望むべくもない。

農民は年貢を納められず村を捨て、続々と江戸に逃れてきたものの、住む所も働き口も得られぬまま無宿人《むしゅくにん》となり、物乞いで命を繋《しの》いでいる。

気前のよさが身上の江戸っ子も、打ちこわしに走らねばならぬほど食うや食わずとあっては、人様に施しをするどころではない。今年の六月に老中首座となった松平《まつだいら》越中守《えっちゅうのかみ》定信《さだのぶ》は治安回復を図って御救米《おすくいまい》を放出し、民心の動揺を鎮《しず》めようとしているものの焼け石に水でしかなかった。

全ては去年まで老中だった、田沼主殿頭意次《たぬまとのものかみおきつぐ》の腐った政《まつりごと》が元凶。

そう決めつけた庶民は武士を憎み、軽んじ、将軍家御直参として威張っていた旗本と御家人が襲われ始めた。

高価な着物を身にまとい、夜更けの川端にたたずんでいた若者を甘く見たのが地回りどもの運の尽き。いつもと立場を逆にされ、命乞いを繰り返すより他になかった。

「お願え申し上げやす、お武家様。命だけはご勘弁を」

「甘えたことを言うでない」

若者は懇願に応じることなく、地回りを引きずり起こした。

右手で摑んだ着物の襟《えり》で喉を締め、動きと同時に呼吸まで封じている。

流れるような攻めを、ごく自然に為していた。

この若者は武術を会得している。

師範に金を積んで免許を得る金許《きんきょ》でも、当人だけが強くなったつもりの生兵法《なまびょうほう》でもなく、丸腰であっても戦うことのできる術《すべ》が身に付いているのだ。

そんな武士が本来あるべき姿を示しつつ、若者は地回りを締め上げた。

「おのれが窮鼠《きゅうそ》と申すのならば、一矢《いっし》報いてみるがいい。あるいは猫を嚙み殺せるやもしれぬぞ」

「ご無体な」

地回りは怯《おび》えた声を上げた。若者の様子がおかしいことに気づいたのだ。

「できることなら、そうしてくれ」

訴えかける声は乾ききり、覆面から覗く両眼は焦点が定まっていない。

本来は接する者に純粋で人懐っこい印象を与えるであろう、そのつぶらな瞳からは喜怒哀楽一切《いっさい》の感情が失《う》せていた。希望も何も抱けずに、深い虚無を漂わせるばかりであった。

「早うせい」

若者が声を荒らげた。左の肘《ひじ》が弓のごとく引き絞られる。

「待て」

割り込む声を耳にして、若者は拳《こぶし》を止めた。

二

迫り来た新手《あらて》は一人きりだった。

覆面で顔を隠し、素足に雪駄履きなのは同じだが袴を穿《は》き、大小の刀をきっちり帯びている。疾走中も体を前にのめらせず、男にしては豊かな腰が据わっていた。

若者は迫る新手に向き直る。

その腕から逃れた地回りは、咳込みながらも安堵した様子。

「恩に着ますぜお武家様。この若えの、どうかしておりやすんで……⁉」

救いの神の到来を喜色満面で迎えた瞬間、地回りはのけぞった。

駆け寄りざまに繰り出された新手の肘が、みぞおちにめり込んでいた。

「どうかしているのはうぬらだろうが無礼者。こやつを追い払うたら辻番《つじばん》に突き出してやるゆえ、そこで大人しくしておれよ」

失神させた地回りに冷たく告げ、先客の若者に目を向ける。流れるような隙のない動きだった。

「何者か知らぬが立ち去れい。人の獲物を横取り致すな」

文句をつける声は甲高かった。

「そなたの獲物とは、どういうことだ」

「御直参に手を出す愚か者を、この界隈にて狩り始めたのは私が先だ。新参者は引っ込んでおるがいい」

堂々と言い放ったところに、意外な一言が返された。

「そなたこそ、おなごの身で軽はずみな真似をするでない」

「何っ」

「面《おもて》を覆うただけで隠し通せると思ったか。手足を見れば一目瞭然《いちもくりょうぜん》だ」

「うぬ、私の鍛えが足りぬとほざきおるか」

「かなりの手練《てだれ》と見受けたが、上には上がいるものだ。後《おく》れを取らば命の前に操《みさお》を失うぞ。武家に敬意を抱かぬ者どもに敗れし時は尚のことだ」

「おのれ」

明らかに女と分かる声を張り上げ、鞘を払う。

手練の剣客《けんかく》と呼ぶにふさわしい、澱《よど》みのない動きだった。

抜き打ちの一刀を受け止めたのは、鞘から抜き上げられた刀身。

若者はその場に踏みとどまったまま、危なげなく防御していた。

「うぬっ」

女剣客は怒号を上げた。

飛び退《の》いて間合いを取り、猛然と斬りかかる。

若者は退《しりぞ》くことなく斬り付けを打ち払い、頭上に刀を振りかぶる。

体勢が崩れた隙を見逃さず、勢いの乗った斬り下ろしが女剣客に迫る。

「せい」

女剣客は負けじと受け止め、腰を入れて押し返す。体勢を立て直す動きの機敏さからも、鍛えられているのが分かる。

女人にしては背が高い。並より小柄な若者を見下ろす程だが、身長の差が有利に働くまでの余裕はなかった。

身の丈《たけ》こそ差があるものの、二人の剣の技量は互角だった。

「やっ」

無言で応戦する若者に、女剣客は繰り返し挑みかかった。幾度となく受け止められても動揺せず、間合いを取り直して斬りかかる。

激しく刃《やいば》を交える夜道に、来合わせる者はいない。

二人きりの戦いは続いた。

真剣勝負でありながら手が合うとでも言うべきか、阿吽《あうん》の呼吸で剣術の形《かた》を演武しているようにも見える。

いつしか二人の覆面は結び目が解け、顔が剝《む》き出しになっていた。

若者は瞳がつぶらなだけではなく、顔の造り全体が幼い感じ。

対する女剣客は凜々《りり》しい、くっきりとした目鼻立ち。

それでいて、眼が大きいところはよく似ている。

若者の方が童顔だけに、まるで姉と弟であるかのようだった。

「えい」

気合いも鋭い斬り付けと共に、女剣客の汗が飛ぶ。

応じる若者も寒空の下、しとどに汗を流していた。

「しばし待て。目に染みた」

若者が告げると同時に刀を引いた。

「おぬしもか」

勝負を中断されたのを責めることなく、女剣客は微笑を返す。

共に切っ先を下げ、額から流れる汗を手の甲で払う。手ぬぐいを取り出すことなく若者は右手を、女剣客は左手をそれぞれ用いていた。

「お互いに目が大きいと難儀だな」

若者が女剣客に向かって告げた。地回りを相手にしていた時よりも張りのある、明るささえ感じさせる声になっていた。

「亡き母譲りなれば、文句は言うまい」

答える女剣客の表情は微笑《ほほえ》み交じり。夜目にも美しい顔からは、既に敵意が失せていた。

「おぬし、強いな」

「そなたこそ」

「ふっ」

「はは」

笑みを交わした直後、二人は背後へ向き直った。

二人がかりの峰打ちを浴びたのは、這って逃げようとした地回り。若者と女剣客が刃を交えている間に、幾らか動けるようになったらしい。

息の合った動きで左右の肩を打たれた地回りは、白目《しろめ》を剝《む》いて倒れ伏す。

本来の峰打ちは相手の体に刃が届く寸前に刀の反《そ》りを返し、軽く叩いただけで斬られたと思い込ませる技だという。

この二人、やはり並の遣《つか》い手ではない。

「はは、まるで蛙だ」

大の字になった地回りを見下ろして、女剣客は明るく笑う。

「ふふ、言い得て妙だな」

若者も童顔をほころばせていた。

「礼を申すぞ」

「何のことだ」

若者の唐突な一言に女剣客は戸惑った。

「人様に笑わせてもろうたのは久方ぶりのことでな」

浮かべた笑みを絶やすことなく、若者は言った。

「おぬし、ずっと笑わずに過ごしていたのか」

「うむ。故あって、長らく気が塞《ふさ》いでおったのだ」

「それで、こやつらを」

「うむ」

「相手が無頼と申せど、辻斬り紛《まが》いの気晴らしとは感心せぬな」

「ああ、心得違いをさせてしもうたか」

若者は寂しげに微笑んだ。

「武士を真《まこと》に否定し得る強者《つわもの》にならば、いっそ斬られてやろう。左様に思い定めて出向いたのだが無駄足だったよ」

「死に場所を求めて参ったと申すのか」

「いざやり合うてみたら、斬られてやる気にもなれない奴らでな。図らずもそなたと刃を交え、直参狩りの者どもがこれ程の腕ならばと思わずにはいられなんだが、今度は斬られるのが惜しくなった。人はなかなか死ねぬものだな」

「馬鹿なことを言うてくれるな」

女剣客は手を伸ばし、若者の肩をしかと掴んだ。

「自棄《やけ》など起こさず、心持ちを明るく致せ。左様に沈んでばかりでは、せっかくの可愛い顔が台無しだぞ」

「何と申された？　よく聞こえなんだが」

「な、何でもないわ。さ、いま一度勝負を……！」

頬《ほお》を赤くして立ち合いの続きを急《せ》かした直後、女剣客の美貌が強張《こわば》った。

若者の黒羽二重が赤く染まっている。斬り合い中に刃が左の腿《もも》をかすめたらしい。

「ほんのかすり傷だ。縫わねばならぬ程の深手でもあるまい」

「さもあろうが放っておいては体に障《さわ》る。まして左足は刀を振るう軸《じく》ではないか」

「気に致すなと申しただろう。かくなる上は、これにて御免」

「待たれよ。私の屋敷で手当てを致そう」

立ち去ろうとした若者を女剣客は押しとどめた。

「もはや隠し立てには及ぶまい。御小納戸《おこなんど》、風見多門《かざみたもん》が一子の弓香《ゆみか》と申す」

名乗りを受ければ返すのが、武家の礼儀である。

「痛み入る。拙者は竜之介《りゅうのすけ》……」

しばし口を閉ざした後、若者は続けて名乗った。

「姓は、田沼だ」

「されば、主殿頭様のご縁者か？」

弓香は驚愕した様子で問い返す。

若者の名字を耳にして驚きながらも、嫌悪の色はなかった。

三

神田の小川町《おがわまち》に屋敷を拝領する風見多門は、三百石取りの旗本。小太りで親しみやすい、剽軽《ひょうきん》な顔立ちをした老年の男だった。

「主殿頭様の甥御《おいご》となり？　それはそれは、ようお出でくだされましたなぁ」

名乗ると共に素性を明かした竜之介を嬉々として、自ら客間へ連れていく。

「ささ、ずずいと奥へ」

多門が油紙を敷いたのは上座。

武家屋敷に限らず、若輩が占めるのは遠慮すべき場所である。

「どうなされた、竜之介さん」

「いや……せっかくなれど、下座にてお願い致す」

「それは困るな。畳が汚れてしまう。油紙を敷き直すのも手間なれば、早うこちらに参られい」

「痛み入り申す」

竜之介は困惑しながら上座に着き、多門が広げた油紙に傷ついた左足を伸ばした。

「失礼致しまする」

敷居際で挨拶をして、弓香が客間に入ってきた。

さらしを持参した弓香に付き添っていたのは四十絡みの、落ち着いた雰囲気をした女中。傷口を消毒する、焼酎《しょうちゅう》の徳利《とくり》を抱えている。

「後は私が」

「宜しいのですか、お嬢様」

「いいから下がっていなさい、お篠《しの》」

心配そうな女中から徳利を受け取り、弓香は竜之介に躙《にじ》り寄っていく。

「竜之介殿、御免」

断りを入れた上で足に触れ、黒羽二重の裾を捲《まく》る。

まずは竜之介が自ら縛った、血止めの手ぬぐいを剝がしにかかる。

「痛みまするか」

「いや。かたじけない」

礼を述べる竜之介は恥ずかしげ。

傷口は腿の付け根に近いため、伸ばした手で隠しておかねば下帯《したおび》が丸見えになってしまう。気になるのは弓香も同じであるらしく、努《つと》めて視線を逸らしていた。

着替える時間もなかったため凜々しい男装のままだったが、髪には粗削《あらけず》りながら櫛目が入っている。立ち合いで乱れたのをわざわざ調《ととの》えたらしい。

「染みませぬか」

「大事ござらぬ」

「きつければ言うてくだされ」

いちいち断りを入れながら弓香は傷口を消毒し、さらしを巻いていく。

巧みな刀さばきと違って不器用なれど、心のこもった手当てだった。

「これは珍しい。うちのじゃじゃ馬が今宵はおなごらしゅう見えるぞ」

「聞こえまするよ、殿様」

多門と篠は笑顔で見守りながら、声を潜めて語り合う。

竜之介は神妙な面持ちで、手当てが終わるのを待つばかりだった。

弓香が退出して早々に、多門が思わぬことを言い出した。

「竜之介さん、うちの婿《むこ》にならんかね」

「ご冗談を申されますな、風見殿」

「冗談ではない。わしゃ本気だよ」

「されど、拙者は」

「主殿頭様と縁続きなれば世間を憚《はばか》る、と申されるつもりかな」

　竜之介の機先を制し、多門は言った。

「わしは主殿頭様ばかりか、新入りの小納戸だった頃にはご尊父様、お前様にとってはお祖父《じい》様に当たる意行《おきゆき》様からも教えを受けた。小納戸頭取《とうどり》にご昇進されたのと同じ年に残念ながら亡くなられてしもうたが。物静かなれど芯の通った、実にすがすがしいお方じゃった。今のわしがあるのはお二人のおかげ。世間がどれだけ田沼のご家名を貶《おとし》めようとも、感謝の念しか持ち合わせておらんよ」

「かたじけのうござる、風見殿」

　竜之介は頭を下げた。

「されど、いきなり婿入りと申されましても」

「真にございますよ殿様、お話が急過ぎます」

客間に残っていた篠が口を挟んだ。

「そうは言うてもお篠さん、この竜之介さんを逃したら、弓香は行かず後家になってしまいかねんぞ。これほどの手練が他に見つかると思うのかね」

「ううん、左様にございますね……」

多門の言葉に、篠は頷かざるを得ない様子。

風見家本来の禄は三百石だが、当主の多門が御役に就いている限りは五百石の扱いを受けられる。風見家が先祖代々仰せつかってきた小納戸は将軍の身の回りの世話をするのが役目。その小納戸の役高《やくだか》が五百石高なのだ。

八代将軍の吉宗《よしむね》が定めた足高《たしだか》の制《せい》により、御役に就いている間だけ風見家には不足の二百石が追加で支給されるが、後を継がせる男子がいないと足高どころか代々の禄高である三百石も打ち切られ、風見の家名は絶えてしまう。

瓜二つの弓香を遺して愛妻に先立たれ、後添いを迎えることなく過ごしてきた多門も年が明ければ七十歳。隠居する前に婿取りをしなければならないが、四十《しじゅう》を過ぎて授かった一人娘は少女の頃から武術の修行に熱中し、鬼姫の異名を取る男勝り。自分より強い殿御《とのご》でなければ縁談には応じられぬと豪語して聞く耳を持たず、多門は頭を痛めていたとのことだった。

「竜之介さん、その傷、勝負を切り上げるためにわざと受けなすったな」

「滅相もない。拙者が未熟のゆえにござる」

「娘はともかく、わしの目はごまかせんよ。これでも御役に就いて以来、槍の風見と呼ばれておるのでな。かすり傷でも負うてやらねば、あのじゃじゃ馬が退《ひ》くまいと察してくれたんじゃろ」

「……お見それ致した。ご推察の通りにござる」

「流石《さすが》じゃな」

多門は苦笑交じりに言った。

「うちに婿入りを望む程度の旗本に太刀打ちできる者などおらぬし、良家のご子息とて腕が立つとは限らん。実を申さば竜之介さん、あの娘は見た目に惹《ひ》かれて言い寄ってきたご大身《たいしん》の御曹司《おんぞうし》を三人も、こてんぱんにしておるんだよ。家の格など元より気にしておらんのは、わしと同じじゃ」

「……拙者などで真に宜しいのですか」

「頼んでおるのはわしの方じゃよ」

「かたじけない、風見殿」

竜之介は深々と頭を下げた。
その様子を、弓香が襖の隙間から盗み見ている。
鬼姫と恐れられた程の女丈夫が、頬を赤く染めていた。

四

竜之介が弓香と祝言《しゅうげん》を挙げて風見家に婿入りしたのは年が明け、天明八年を迎えて早々のことだった。

隠居した多門の後を継ぎ、田沼改め風見竜之介として小納戸の御用に精勤すること満一年。小納戸より格上の小姓《こしょう》に抜擢され、江戸城中奥《なかおく》で将軍の御側近くに仕える立場となったのは、元号が寛政《かんせい》と改められた後の話である。

第一章　疑惑の奥小姓《おくごしょう》

一

新たな年を迎えて間もない一月二十五日に改元された、天明九年改め寛政元年も二月の下旬に至っていた。

西洋の暦では一七八九年三月の末。花のお江戸はもうすぐ桜が咲く頃だ。

千代田《ちよだ》の御堀の向こうにそびえる江戸城は、徳川将軍家代々の居城にして朝廷から武家の棟梁が率いる幕府に委《ゆだ》ねられた、日の本の政治の中枢。その中核をなす本丸御殿は表《おもて》と中奥《なかおく》、大奥《おおおく》に分かれている。

政務を支える役人たちの職場である表に連なる中奥は、将軍が政務を行うと同時に一日の多くの時間を過ごす場所。警戒厳しいその先に将軍専用の部屋として御座の間《ま》に御休息の間、御小座敷に御用の間がある。

この中奥で将軍の身の回りの世話を役目とする小姓の登城は、表の役人たちよりも遅めだった。前日の当番から御用を引き継ぐ朝四つ半、午前十一時に間に合えば問題はない。

出仕してきた小姓たちは袖の下と腰回りが網目に織られた熨斗目《のしめ》の着物に麻の肩衣《かたぎぬ》を重ね、その肩衣と対《つい》に仕立てた半袴《はんばかま》を穿いていた。

熨斗目と肩衣に半袴の一式は半裃《はんがみしも》といい、公儀の御用を務める旗本に共通の装いである。小姓の肩衣の色は青もしくは薄鼠色と定められ、それぞれの家の紋所が白く染め出されている。

揃いの青い肩衣をそびやかし、本日の当番として出仕した十四名の小姓が一同に会したのは、将軍の居間と寝室を兼ねる御休息の間。その下段の間が小姓たちの定位置だ。部屋の主である将軍は午前中の日課の一つである、剣術の稽古に出ていて不在だった。

「今日も張り切っておられるようだな」

「何と言うても上様はお若いからな。恐れながら手加減というものをご存じないゆえ、毎度《まいたび》お相手つかまつるのも楽ではないわ」

「御年《おんとし》十七か……ふふ、年は取りたくないものよ」

声を潜めて苦笑を交わす三人の小姓は岩井俊作《いわいしゅんさく》、高山英太《たかやまえいた》、安田雄平《やすだゆうへい》。

小姓といえば前髪立《まえがみだ》ちの少年が刀を捧げ持ち、主君の傍らに雛《ひな》人形のように座った姿が思い浮かぶが、三人共に成人の証しに月代《さかやき》を剃って久しく、髭の剃り跡も青々としている。

「それにつけても、早う出世がしたいものだ」

「焦るな、焦るな。上様の御目に留まりさえすれば、後は赤兎馬《せきとば》を飛ばすがごとしよ」

ぼやく俊作は恰幅《かっぷく》が良く、宥《なだ》める英太はひょろりと背が高い。傍《かたわ》らで苦笑する雄平は英太より細身で華奢《きゃしゃ》と体型は個性的だが、目鼻立ちが整っているところは同じ。

周りの小姓たちも俊作らに劣らぬ美形ながら、二十歳過ぎから三十前後と見受けられる。元服前の小小姓《こごしょう》は一人もいない。

十七歳から任官される小姓の採用基準は、人品の良さと優れた容姿。

世話をする上で将軍を不快にさせず、政務のために中奥を訪れる老中ら幕閣のお歴々の前で失態を演じることのないように、礼儀作法も必須であった。

定員三十名の小姓は十五名ずつ当番と非番に分かれ、当番として登城した者は更に二組となって半刻、一時間交代で中奥小姓、もしくは奥小姓として執務する。

中奥小姓は閑職で、命じられるのは大名や旗本が将軍に御目見《おめみえ》する際、仕切りの御簾《みす》を上げ下げすることと御参詣の御供ぐらいだが、奥小姓は何かと忙しく、その役目は多岐に亘《わた》る。

居間と寝所を兼ねる御休息の間では、着替えの手伝いや給仕役などで小納戸と共に世話を焼き、御政務が行われる御座の間には御刀持ちとして同席する。そして一日の予定を終え、将軍がくつろぐための部屋である御小座敷と御用の間では就寝するまで話し相手を務めたり、囲碁や将棋を指すなどして、一日の大半を共に過ごすのだ。

将軍に影のごとく付き添い、気を配り、起床から就寝まで終日に亘って世話をするのは元服前の小小姓では荷が重すぎる。少年が御側近くに仕えるのは将軍となる前の若様時代、それも遊び相手としての御伽衆《おとぎしゅう》ぐらいのものだった。

このような次第で小姓の任官は元服後と定められ、二年前の天明七年に十五歳で十一代将軍となった徳川家斉《いえなり》に仕えるのも二十代以上の大《おお》小姓ばかりとなったわけだが、中には齢《よわい》を重ねた苦労人もいた。

「皆、揃うておるか」

嗄《しわが》れた声に続いて、薄鼠色の肩衣を着けた年配の男が姿を見せた。

一同の束ね役である小姓頭取《とうどり》の金井頼母《かないたのも》だ。

小姓に登用される条件の整った目鼻立ちは老いても健在だが、痩せ細っていて顔色も冴えない。役高の五百石に加えて年に百両もの役料を支給される恵まれた立場ながら、苦労も多いと見受けられた。

頭を下げた一同に礼を返し、頼母は慎重な手つきで袴の裾を払う。

座ろうとしているのはいつものように家斉が戻るのを待つ間、配下の小姓たちに訓示をするためだったが、急に足を折り敷くと膝に来るらしい。

五十年前に十七歳で奥小姓に任じられ、九代将軍の家重《いえしげ》に仕え始めた当時の頼母は刀を捧げ持つ姿が絵になると、大奥勤めの御女中たちの間でも評判の美青年だったそうだが、齢を重ねた今は座るだけで一苦労。家斉が気まぐれを起こして御刀持ちを命じたら、それこそ目も当てられまい。

「金井の爺さん、粘るなぁ」

「全くだな。とっとと隠居をすればいいものを」

「足高の二百石は言うに及ばず、年の功だけで頂戴できる百両から離れ難いのだろう。真にさもしいことだ」

小姓となる者は二種類に分けられる。

多いのは千石以上の大身旗本、あるいは大名のドラ息子。

役高の五百石より代々の家禄が低く、現職の間は不足分を与えられる足高の制の恩恵に助けられた、中堅の旗本の当主たちは少数派だ。

陰口を叩く俊作らもご大身の子息だが、その立場は長兄が相続した実家の屋敷で厄《やっ》介者《かいもの》扱いの次男坊や三男坊。いわゆる部屋住《へやず》みである。それでいて苦労人の上役を小馬鹿にするのは生来の傲慢さに加えて、同僚の大半が自分と同じ乳母日傘《おんばひがさ》で育てられた若様で、頼母が地道に務めてきた小姓という役職も今後の出世の足がかり、ほんの腰掛けとしか見なしていないからだった。

小姓は文武の才を必要とせず、武芸の腕を披露することも、将軍に儒学《じゆがく》を講義する林《はやし》家の私塾に通い、卒業した学歴も求められない。生来の容姿に恵まれ、行儀作法が身についていれば登用されて、出世の道が開けるのだ。

俊作らは部屋住みながらご大身の家で生まれ育ち、将軍の御側近くに仕えても失態を演じることのない立ち居振る舞いだけは厳しく躾《しつ》けられてきた。内面はともかく見てくれは美男であり、爽やかな青い肩衣も映《は》える。

世話をする相手の将軍と全く同じとは言えないまでも、近い環境で生きてきた身にとって御側仕えは楽なもの。

だが、そんな上流階級育ちの小姓たちの中にも役目をしくじる者はいる。

「北川《きたがわ》もつまらぬことで御役御免になったものだな。入れあげておった矢場の女の情夫《まぶ》に絡まれ、殴られた現場を押さえられるとは」

「越中守様でなければ見逃されたであろうに、あやつもついておらぬな」

俊作と英太が話題にしたのは、昨日で出仕を差し止められた同僚の奥小姓のこと。

「あのお方は頭が固すぎるのだ。上様もご高説を聞かされた後、いつもお顔をしかめておられるしな。先が思いやられるわ」

長いまつ毛をしばたたかせ、雄平がぼそりと言った。

「あー、皆も北川の処分については思うところもあろうがのう、壁に耳あり障子に目ありと心得て、軽はずみな真似は、その、慎んでくれい」

私語を交わす三人を頼母は見て見ぬ振りで、訥々《とつとつ》と訓示を続けていた。

「ふん、言われずとも如何物食《いかものぐ》いなど真似するか」

俊作が白《しら》けた顔で呟く。傍らで英太と雄平は苦笑い。

そんなところに一人の男が現れた。

「金井様、お話し中に失礼を致す」

「おお、杉山《すぎやま》殿か」

頼母が笑顔で迎えたのは、壮年ながら体格も堂々とした美丈夫。

小納戸頭取の杉山帯刀《たてわき》である。

五十歳になる帯刀は、小姓と共に将軍の世話をする小納戸の束ね役。

年功によって任じられる名誉職の小姓頭取とは違って能力で選ばれ、小姓と比べて格下とされる小納戸の中にあって侮《あなど》れぬ存在だった。

「して杉山殿、何用にござるか」

「新参の奥小姓を連れて参り申した」

「おや、出仕は明日からではなかったのか」

「上様の御所望との由にござる。一日でも欠員がおっては御用向きに支障を来《きた》しかねぬ、速やかに御役に就かせよと御側御用取次《おそばごようとりつぎ》様も仰せにござった」

「……左様であったか」

頼母は表情を曇らせながらも口を閉ざす。

「悪しからず」

口をつぐんだままの頼母に告げると、帯刀は後ろに控えていた男を見る。

「各々方《おのおのがた》にご挨拶を申し上げよ」

「ははっ」

答える声も凜々《りり》しく男が進み出た。

おろしたての青い肩衣を着けた姿が初々《ういうい》しい、童顔の青年だった。

二

小姓たちは驚きを隠せなかった。

「あやつ、小納戸の風見か？」

「間違いない。あの鬼姫を娶《めと》りおった果報者だ」

「主殿頭の甥が、我らの同役に成り上がりおっただと……」

俊作らが信じられない様子で呟く。

風見竜之介は二十四歳。小納戸の古株だった風見多門が隠居した後を受け、家督と代々の役職を継いだ男。

婿入りは仮親を立てて行われたが、実の父親が田沼意次と腹違いの末弟であることは既に知れ渡っていた。

にもかかわらず竜之介が御役に就けたのは、小納戸が政に関わる立場ではないからだ。その点は小姓も同じで、将軍が老中と政務について話している際は口を挟むことを禁じられていた。

そんな小納戸と小姓はともかく、政の実務を担う役目には末端であろうと竜之介は登用されまい。

意次が失脚した後、その縁者と支持者は幕閣から一掃され、恩顧を受けた諸役人もことごとく御役御免にされた。

かつて奥右筆《おくゆうひつ》を務めた竜之介の父親も無役となり、失意の余りか病を得て命を落とし、妻も程なく果てたという。

意次とその一族に対する風当たりは、いまだ厳しい。

そもそも田沼家は八代将軍吉宗が紀州《きしゅう》徳川家の当主だった頃、意次の父で小姓を務めていた意行が吉宗の将軍職就任に伴って、他の藩士たちと共に直参旗本に取り立てられたのを始まりとする。

意行の父親の代は紀州藩の足軽《あしがる》に過ぎなかったのが旗本となり、その後を継いだ意次が六百石の旗本から五万七千石の大名に成り上がったばかりか老中として幕政の実権を握ったのは、まさに破格。戦国乱世ならばともかく天下泰平の世で、これほど出世を遂げる者は滅多《めった》にいない。

しかし意次は、手に入れた立場を維持できなかった。

一代で権勢を得た意次には他の大名と違って代々の家臣がおらず、側近も寄せ集め。主君の威光に群がる有象無象《うぞうむぞう》から深く考えずに賄賂《まいない》を受け取り、仕える家の悪名を高めるとは三河《みかわ》以来の旗本や大名の家々から見れば失笑もの。田沼家が没落したのも脇の甘い成り上がり者が潰れるべくして潰れただけとしか思われていなかった。

その田沼家に連なる竜之介が、なぜか風見家と縁付いた。

美女と評判の家付き娘を妻としたのは羨ましい限りだが、それでも竜之介が唾棄《だき》すべき存在であることに変わりはない。

田沼意次は悪政で私腹を肥やし、将軍家の威光を損ねた大罪人。腹違いの末弟の伜《せがれ》という、意次の甥の中でも縁の遠い立場とはいえ、容赦してはなるまい。

ゆえに竜之介は小納戸となって以来、俊作ら三人ばかりでなく他の小姓たちからも白い目で見られ続け、嫌みと冷笑を散々浴びせられてきた。

針の筵《むしろ》だったはずだが竜之介は堪《こた》えた様子を見せることなく精勤し、小納戸から小姓に抜擢されるに至ったのである。

不祥事により欠員が生じ、その穴埋めが急がれたのも、竜之介にとっては幸いなことだったと言えよう。

俊作らは口を閉ざし、頼母と帯刀の傍らに座った竜之介を睨む。

御役御免となった小姓は身持ちが悪かったとはいえ、同じ釜の飯を食った仲間である。その不幸を僥倖《ぎょうこう》とした役目替えを誇り、少しでも驕《おご》った態度を示したならば、ただでは置くまい。

無言の怒りを滲ませる一同に、竜之介は深々と頭を下げた。

「風見竜之介にございまする。若輩なればご指導ご鞭撻《べんたつ》の程、何卒よしなにお願い申し上げまする」

決まり文句の挨拶ながら、述べる様《さま》は殊勝な限り。

俊作ら底意地悪い面々の粗探《あらさが》しに秀でた眼力を以てしても、言いがかりをつける余地は見出せなかった。

一方で、小姓たちは疑念を禁じ得ずにいた。

そもそも竜之介はなぜ、多門の後を継いで小納戸に、ひいては小姓となる道を選んだのか。

風見家の鬼姫こと弓香との夫婦仲は良好で、子供にも恵まれたという。

妻子のための精勤と好意的に解釈すればそれまでだが、竜之介は田沼意次の甥であり、世間を憚る立場だ。

田沼派が一掃された江戸城中、しかも将軍の御側近くに仕えれば、周囲から白い目で見られることなど最初から分かっていたに違いない。

それを承知で御役に就いた理由は何なのか。

俊作は冷や汗を滲ませている。英太と雄平、他の小姓たちも同様だった。

一つの考えに、卒然《そつぜん》と思い至ったのである。

意次の意趣返し。非業の最期を遂げた、伯父の無念を晴らす。

竜之介の真の目的は、それではないのか？

現職の小姓たちの中にも田沼派の関係者はいる。家斉のお気に入りで、今は剣術の稽古に付き添っているはずの水野大和守忠成《みずのやまとのかみただあきら》だ。

忠成の実家は旗本の岡野《おかの》家。同じ旗本の水野家へ婿入りした後、その本家で駿河沼《するがぬま》津《づ》二万五千石の大名の水野出羽守忠友《でわのかみただとも》に、家督を継ぐ養嗣子として迎えられた。

かつて意次と共に幕政を牽引した忠友は、田沼派の中でも大物だった。

忠成の前に養嗣子に迎えた意次の四男を廃嫡《はいちゃく》し、粛清から逃れようと図ったものの見逃されず、老中を罷免《ひめん》された後は雁《かり》の間詰めの一大名。新たな養嗣子の忠成が家斉に気に入られたことを喜びこそすれ、意次の意趣返しなど考えてもいないだろう。

しかし、竜之介はどうなのか。

竜之介の義父となった多門は、田沼家への恩義を公言して憚らない。

意行と意次の二代に亘り、小納戸と小姓を務めた当時の田沼父子の世話になってきたからだ。

小納戸は元より政務と関わる立場に非《あら》ざるため、多門が粛清の対象とされることもなかったが、厳密にいえば田沼派である。

その婿となり、将軍の御側近くに仕える立場を得た上で意次の意趣返しをするつもりであるのなら、相手は一人しか考えられない。

松平越中守定信。家斉が十一代将軍の座に着いて間もない天明七年六月に異例の抜擢により老中首座に任命されると中奥に常駐する奥勤めを兼任し、今や将軍補佐まで兼ねる立場となって、幕政を一手に握る男である。

定信は意次を容赦なく断罪し、その居城だった相良《さがら》城を破却し灰燼《かいじん》に帰すことを命じている。竜之介が伯父の復讐を望んでいるのであれば、生かしてはおけないはずの相手だった。

襲う機会は、小納戸の時よりも遥かに多い。

小納戸は分担して役目を担うため、たとえば月代を剃る役目の御髪《おぐし》番は朝に結髪《けっぱつ》する際しか将軍の御前に出られないが、小姓は常に御側近くに控え、将軍が老中と謁見する際にも同席できる。

命を捨ててかかる覚悟あらば、いつでも襲うことは可能なのだ。

あるいは既に、人目を盗んで本懐を――？

「風見、ご老中方にはご挨拶申し上げたのか」

頼母がおもむろに竜之介へ問いかけた。

小姓たちに緊張が走る。

「いえ。若年寄様と御側衆の方々様にはお目にかかりましたが」

竜之介の答えに、一同は安堵の息を漏らす。

すると頼母が余計なことを言い出した。

「されば御用部屋へ共に参るか。上様の御前《ごぜん》では御政務の御邪魔ゆえな」

「と、頭取様」

慌てて俊作が呼びかけた。

「何じゃ岩井。小姓たる者、御前に非ずとも不躾《ぶしつけ》な真似を致すでないわ」

構わず頼母は竜之介に言った。

「上様の御稽古はいつも長い。今の内に参ろう」

「かたじけのうござる」

竜之介は礼を述べると、頼母に寄り添う。

腰を上げるのを介助する手つきは慣れたもの。

「すまぬのう。うむ、楽に動けるわ」

年寄り扱いを嫌う頼母が叱りもせずに微笑み返す。

「あ、あの」

「頭取様……」

英太と雄平が追いすがるより早く、二人は敷居を越えていった。

三

小姓の多くが家督を継げない部屋住みで、一家の当主や長男が少ないのは将軍から勘気《かんき》を被《こうむ》ってお手討ちにされ、家名が絶えるのを防ぐためと言われているが、将軍が怒って殿中《でんちゅう》で刀を抜いたことなど、前例を探す方が難しい。

年が明けて十七歳となった家斉も短気で我がままな性分ながら、お手討ちにまで及んだことはない。

されど、性格は豪快そのもの。

日課としている剣術の稽古も、嗜《たしな》みの域を超えるものであった。

ぴしり。

板敷きの稽古場に鋭い音が響き渡る。

「参りましたっ」

その場で膝を揃えて降参した小姓は、家斉に真っ向から打たれたばかり。

「次っ」

重ねて一礼するのを見もせずに、家斉は並んだ小姓たちに命じる。

ぱしっ。

「こ、降参にございまする」

また一人、瞬く間に打ち据えられた。

「次！」

飽かず命じる家斉が伸び盛りの体に纏《まと》っているのは袖が邪魔にならない筒袖《つつそで》の稽古着と、厚めに仕立てさせた木綿の袴。

袖口から覗いた太い腕はなめし革のごとく光沢を帯び、若さと覇気が充実している。

剣術と共に砲術を好み、重い鉄砲をものともしない腕力を誇る身だけに肩の張りがたくましく、手首も指も太かった。

その鍛えられた手に家斉が握る打物《うちもの》は、ひきはだ竹刀《しない》という。

将軍家の御流儀《おりゅうぎ》として歴代将軍が学んできた新陰流《しんかげりゅう》に独特の稽古道具は普通の竹刀と違って全体が革で包まれ、柔軟性に富んだ造り。

家斉の相手を務める小姓たちが失神しないのは手加減されているからではなく、受ける衝撃も柔らかいからだ。

それでも防具を用いぬ素面素小手《すめんすごて》で打たれれば痛いし、若さゆえに疲れを知らない家斉の動きは、付いていくだけでも一苦労。程なく当番も明けるというのに帰宅しても体を休めるだけで終わってしまい、剣術よりも入れ込みたい歌舞音曲の稽古もままならない。

しかし家斉は武芸の稽古に、中奥小姓と奥小姓の別なく付き合わせる。

当番の十五名も一人残らず、稽古場に連れて来られていた。

何とも困ったことである。

弓を射る日は矢取りの役目に勤《いそ》しみ、砲術を修練する際は火薬を用いずに黙々と構えを取ることを繰り返すだけなので拝見するのみの小姓たちに負担はなかったが、毎日欠かさぬ剣術の稽古はお相手つかまつらねばならない。

拒めば不興を買うし、やる気がないと見なされてもまずい。

せいぜい怪我を負わない程度に励み、打ち込みを受けたら間髪《かんはつ》を容《い》れずに降参するのが賢明である。

どの小姓も考えることは同じらしく、

「さすがは上様」

「いやはやお強い」

「おみそれしました」

早々に負けを認め、ご機嫌取りに徹するばかり。

しかし、最後に進み出た一人は違った。

「上様、いざ」

「大和か、望むところぞ！」

家斉は嬉々として迎え撃つ。

ひきはだ竹刀がぶつかり合い、板敷きを踏む足が目まぐるしく動く。

豪胆な小姓の名は水野忠成。

先代将軍の家治《いえはる》の下《もと》で小納戸と小姓の経験を積み、大和守の官位まで得た忠成は将軍の側仕えとして年季の入った男である。十七歳の家斉に対して二十八歳と一回り近く上でありながら気に入られ、稽古では締めに立ち合って満足させる役どころだ。

「むん！」

家斉が気合いと共に一撃する。

「何のっ」

かわしざま、忠成がひきはだ竹刀を振りかぶる。

「そこまで！」

割り込む声が響き渡った。

「上様、本日はこの辺りで宜しゅうござろう」

稽古場の上手《かみて》から告げてきた声の主は柳生但馬守俊則《やぎゅうたじまのかみとしのり》。

安全性が考慮された弾む板敷きに膝を揃え、白髪頭を微動だにせず家斉を見守っていた俊則は六十歳。昨年に指導を仰せつかって一年間、勢法《せいほう》と呼ばれる新陰流の技の形《かた》を基礎から教え込んできた将軍家剣術指南役は、大和柳生一万石の大名でもある。

「じい、余はまだ物足りぬぞ」

家斉は文句を言いつつ、ひきはだ竹刀を早々に納めた忠成を睨む。

「御指南役が仰せの通りにございまする。これより大奥にて御台所様《みだいどころさま》とご中食《ちゅうじき》を召し上がるのでございましょう？」

忠成は如才なく取りなした。

それでも家斉は聞く耳を持たない。

「御台の顔など幼き頃より見飽きておるし、武士《もののふ》は本来ならば日に二食。余は無駄飯より稽古が所望ぞ。さぁ大和、いま一度かかって参れ！」

「上様」

勢い込んだ家斉に俊則が再び注意した。

歩み寄りながら発する声は、先程よりも語気が強い。

将軍と大名の間では許されぬことだが、剣術の稽古場では教える側の言葉は絶対。

それが分からぬ家斉ではない。

「そう怒るな。全く、父上とじいには勝てぬわ」

家斉は従いながらも、不服そうに口を尖らせた。

まるで利かん坊だが家斉はとっくに元服しているどころか、つい先頃の二月四日に御台所の茂姫《しげひめ》と華燭《かしょく》の典《てん》を共にしたばかり。もっとも大奥には将軍職に就いて早々から通っており、初めて御手付きにした御中臈のお万《まん》の方はもうすぐ臨月。じきに父となる身でありながら、今は子供っぽさが目立っていた。

「まぁ、今日のところはここまでにしておこう。明日に備えて、な」

「何事でござるか、上様」

目の前まで来た俊則が家斉に問う。

「ふふ。いま一人、大和の他に歯ごたえのある者が増えるのだ」

家斉は得意げに答えた。

「真にございまするか？」

忠成が怪訝そうに問いかける。

「小納戸の風見よ。そのほう、じいの門下で共に学んでおったのだろう」

「左様にございまする。なるほど、あの腕を見込まれて御役目替えを……」

「そういうことだ。小納戸は役目違いゆえ、剣術の稽古相手まではさせられなんだが小姓にすれば遠慮はいらぬ」

「それは重畳《ちょうじょう》にございまするな」

家斉の答えに忠成が微笑んだ。

その傍らで俊則は黙り込んでいる。柳生一門の弟子だったという竜之介のことを聞かされながら、なぜか浮かぬ表情を浮かべていた。

四

老中の御用部屋で竜之介の挨拶を受けたのは定信だけだった。

他の老中たちが遠慮し、席を外したからである。

「本日より奥小姓の御役を仰せつかりました風見竜之介にございまする」

「左様か。励め」

「ははーっ」

着任の挨拶をする竜之介を、頼母は緊張を隠せぬ面持ちで見守っている。

上座の定信は、同じ裃姿でも頼母と貫禄が段違い。

背丈こそ並だが手足は太く、日頃から鍛えていると分かる。

面長の顔は眼光鋭く、顎が張っている。平家蟹《へいけがに》を思わせる面構えだ。

肩衣に染め出した家紋は九曜《くよう》。神君家康公の異父弟である松平定勝《さだかつ》を家祖とする、久松《ひさまつ》松平家の紋所だ。

「金井に話がある。下がりおれ」

「ははっ。されば、御免」

定信に命じられ、竜之介は退出していく。

一人取り残された頼母を、定信は眼光鋭く見やる。

「北川兵庫《ひょうご》が処分、厳しすぎると噂になっておるそうだの」

「さ、左様にございまするのか」

「そのほうもそう思うか」

「い、いいえ」

「ならば良い。ただし、二度目は御役御免だけでは済まぬぞ」

「し、しかと肝《きも》に銘じさせまする！」

頼母に釘を刺す定信は将軍補佐に奥勤めまで兼任し、政務と関わりのない小姓の動向にも日頃から目を光らせていた。

御役御免となった小姓の不祥事を摘発したのも幕府の目付ではなく、定信が当主である白河十一万石の手の者だった。

定信のやり方は、万事に亘って隙がない。

二年前、天明七年六月十九日に三十歳の若さで老中首座に任命された定信は江戸市中に放出する御救米を調達し、米不足に起因する打ちこわしで騒然とした市中の治安回復に努《つと》めたことで、まず庶民から信頼を得た。

その上で祖父の吉宗を手本とする幕政の改革を宣言し、政敵の田沼意次が自ら老中の職を辞した後も幕閣に残留していた一派を次々に罷免。その後任に白河藩主だった頃から学問と柔術の修行を通じて親交を結び、能力と人柄を認めた大名たちを任命した。

実務に携わる役人たちには意次の下で横行した賄賂を厳しく禁じると共に各職の権限を縮小。不正と不埒を働いた者は死罪を含めた罪に問い、処罰の対象は大奥勤めの奥女中にまで及んでいる。

「あの風見とやら、主殿頭の甥だそうだの」

「左様にございまする」

「悪く言う者もさぞ多かろう」

「は……」

「当人も承知の上で御役に就いたのならば是非には及ばぬ。元よりそのほうらは御政道に口出しすることを許されぬ身だからの。主殿頭の甥だろうと構うまい。それよりも上様じゃ」

「は？」

思わぬ話に頼母は戸惑いを隠せない。

「くれぐれも甘やかすでないぞ」

定信がじろりと頼母を見返す。

「身共《みども》が目を離さば即座に御気に入りの小姓どもを呼び寄せ、無駄話や囲碁将棋に現《うつつ》を抜かしておられることは分かっておる。無聊《ぶりょう》を御慰め致すがそのほうらの御役目なれど、怠け心を助長させるは忠義に非ずと心得よ」

「し、承知つかまつりました」

「しかと頼むぞ」

「ははーっ」

背中を向けた定信に重ねて頭を下げ、頼母は御用部屋を後にした。

いつも辛い膝に加えて、腰まで痛い。

そんな頼母の苦労をよそに、家斉は上機嫌だった。

「おお、そのほうが風見か！」

御休息の間では竜之介が帯刀に付き添われ、小姓として初の御目見中。

「小納戸の折は碌《ろく》に顔も見なんだが、大層な童顔だのう」

「恐れ入りまする」

「苦しゅうない。励めよ」

嬉々とする家斉を前にして、他の小姓たちは唖然としている。

遅れて戻った頼母も当惑するばかりだった。

五

竜之介が小姓の御役に就いて十日が経った。

非番を挟んで五回の出仕をしたこととなる。

当番に竜之介が加わっている日の家斉は機嫌がいい。

待望の剣術の稽古相手に限らず、何かと用事を申し付けていた。

「大奥のおなごは全員、余が手折《たお》るのを待つ華《はな》じゃ。錠口《じょうぐち》と申せど色目を遣うなよ」

当番奥小姓たちが出仕して最初の御用は大奥に渡る将軍の御供をし、正室の御台所と二人で昼食を摂らせることである。

「余の刀を持て。本日も大和とそのほうで相務《あい》めよ」

中奥に戻れば定信ら老中が政務のために待っており、御刀持ちとして同席する。

誰もが丸腰となる御前で御刀を捧げ持つのは、有事に際して将軍に手渡すためではなく自ら抜刀し、曲者を成敗するのが真の役目だからだ。鞘ではなく柄《つか》を握らされるのも即座に抜くためであり、竜之介が忠成と共に御刀持ちを任されることが多いのは剣の技量を見込まれ、裏切る恐れもないと早々に信頼された何よりの証しだった。

「あー、今日も越中の話は長かったのう」

政務が終わった後は入浴である。

湯帷子《かたびら》を何枚も用意しておき、直《じか》に将軍の体に触れることなく汗を取り去るのは小納戸の役目だが小姓も付き添い、厠《かわや》に立った時も目を離さずに御供をする。命じられれば尻まで拭くがそこまでさせる将軍は滅多におらず、家斉も自分で始末していた。

「そのほう、なかなかやるな。よし、もう一番付き合え」

夕食の前後に時間が空いた日は、気晴らしの雑談や囲碁将棋のお相手。

夜四つ、午後十時に将軍が床に就いた後も側近くに控えて暁《あかつき》九つ半、午前一時に小姓たちは不寝番《ねずのばん》を一人残して仮眠をとる。

「もう朝か……分かった分かった、今起きる！」

朝は季節を問わず明け六つ、午前六時に将軍を起こして寝間着から普段着の小袖に着替えさせ、洗顔を手伝って髪を結い、朝食を給仕する。

「さーて、今朝も御勤め御勤めと」

食後に奥医師たちの検診を終えた将軍は紋付袴に着替えて朝五つ半、午前九時に大奥へ渡り、御仏間で御台所と二人で歴代将軍の位牌を拝んだ後、主だった奥女中から朝の挨拶である総触《そうぶれ》を受ける。小姓といえども大奥には立ち入れないため、途中まで御供をするだけだ。

「いつもながら疲れるのう……。さて、今日も気合いを入れて参るぞっ」

中奥に戻り、小姓たちと共に儒学の講義を受けた後は家斉が何より楽しみな、竜之介と忠成が主に相手を命じられるため他の面々は大いに楽になった、剣術の稽古だ。

「ふー、今日もいい汗を掻いたわ。皆の者、大儀《たいぎ》であった！」

次に当番を務める十五人の小姓は、いつも剣術の稽古が終わるのを見計らって登城する。稽古上がりで家斉の機嫌が良いのは、彼らにとっても喜ばしいことだった。

このように家斉が潑溂《はつらつ》と日々を過ごす一方、定信は更に平家蟹じみた顔になりつつあった。

定信の経歴を見れば、無理もないことである。

家斉は御三卿《ごさんきょう》の一橋《ひとつばし》徳川家から先代将軍の家治の養子に迎えられ、十一代将軍の座に着いた。家治の嫡男で俊才の誉れも高かった家基《いえもと》が急死し、いま一人の将軍候補と目《もく》された田安《たやす》徳川家の定信が奥州白河十一万石の松平家から養子に望まれ、競争相手がいなくなった末のことだった。

だが、十五歳で政治を主導するのは難しい。

そこで松平定信が注目されたのだ。

定信の心境、さぞ複雑だったことだろう。

白河十一万石の先代当主の松平定邦《さだくに》が養子縁組を切望したのを幸いに、家斉の実の父である一橋徳川家当主の治済《はるさだ》が家治を説得し、時の老中だった田沼意次まで裏工作に加わって、定信は次期将軍の候補から外されてしまったからだ。

治済の従兄弟《いとこ》に当たる定信は今年で三十二歳。十五歳下の家斉にとっては父親より若い叔父のような存在だった。

白河藩主として天明の大飢饉を乗り切った実績を持つ定信が若い家斉の政務を支えるのも自然な流れだったが、二人の性格は水と油。

表向きは良好に見える関係も、双方の我慢あってのことでしかなかった。

六

早いもので、今日から三月。

「おはよう」

弓香の一日は竜之介の優しい声で始まる。

朝が弱い弓香と違って、二つ年下の夫は早起きだ。久しぶりに睦み合った一夜が明けた今朝も弓香が気づかぬ内に床から抜け出し、部屋の火鉢で湯を沸かしていた。

傍らに敷かれた小さな布団では、赤ん坊が眠っている。

小さな頭はきれいに剃り上げられていた。

赤ん坊は男女の別なく坊主頭にされ、三歳から髷を結うのに必要な部分を伸ばす髪置きを始める。生まれて三月《みつき》ばかりと見受けられる、この赤ん坊も当分の間は愛くるしい、くりくり坊主で過ごすのである。

眉がきりりと太いのは母親の弓香譲りで、口と鼻が大きく愛嬌ある顔の造りは祖父の多門にそっくり。

大晦日《おおみそか》に生まれたばかりの、長男の虎和《とらかず》だ。

竜之介を婿に迎え、子をなした弓香は世間で奥方様と呼ばれる立場になった。

風見家は足高を含めて五百石。千石以上のご大身には及ばぬまでも、知行地を持つ旗本は格が高い。その奥方様ともなれば家事も育児も人任せにするのが常識だが、夫と我が子の世話は自分で焼きたいと弓香は望んだ。

しかし赤ん坊に要する手間は想像を遥かに超えており、特に最初の一月《ひとつき》は筆舌に尽くし難い毎日だったが、子を生み育てた経験を持つ篠の手を借りて乗りきった。

止まぬ夜泣きに気分を害することなく、弓香が寝落ちをしてしまった時は代わりにあやしてくれた竜之介のおかげでもある。

二月三月《ふたつきみつき》と経つ内に虎和は眠る時間も乳を欲しがる間隔も安定し、弓香の体調も良くなってきた。

まだまだ手はかかるだろうが、これからは妻の役目にも重きを置きたい。

そう心に決めて早々、寝坊をしてしまったのだ。

久々の房事《ぼうじ》に歓を尽くしたからとはいえ、起こされてばかりでは新婚の頃と変わらない。

自己嫌悪をせずにはいられぬ弓香だが竜之介の落ち着いた、温かみのある声で目覚める朝が心地よいのも事実だった。

「……おはようございまする」

恥じらいながら布団から出ると、寝間着の膝を揃えて畳に座る。

昨夜は虎和を寝かしつけると髪に櫛を入れ、品よく寝化粧も施したが、緑の黒髪は髷《まげ》が崩れ、口紅は殆ど剝がれていた。久々の睦み合いの激しさゆえのことだった。

頰を赤くした弓香は懐紙を取り出し、唇に残った紅を拭く。

乱れた後《おく》れ毛を撫で付け終えた頃、竜之介が朝の一服を運んできた。茶托に載っているのは、祝言に際して揃えた夫婦茶碗だ。

「頂きます」

前に座った竜之介に一礼し、弓香は碗の蓋を取る。

かすかに湯気が立ち上る。ほのかな温もりが寝起きの肌に心地よい。

桜が満開となった江戸は好天の日が続く一方、花冷えが厳しい。

しなやかな指を添えた碗が口元に運ばれていく。

音を立てることなく飲み乾すと、表情が更に和《やわ》らいだ。

顔立ちが整っているがゆえ、弓香はきつい印象を持たれがち。滅多に人に笑顔を見せることもなく、鬼姫呼ばわりまでされてきた。

しかし今の顔を見れば、誰も怖いとは思うまい。

「美味《おい》しゅうございまする」

喫し終えての感想は、毎朝変わらぬ弓香の本音。

愛する夫が手間を惜しまず注いでくれる朝の一杯に文句をつける気など元々ありはしないが、お世辞を抜きにして褒めずにはいられなかった。

竜之介が煎《せん》じた茶を初めて口にしたのは一昨年の霜月。図らずも負わせた傷の手当てをするために風見家へ連れ帰り、多門の勧めで一泊させた翌朝のことだった。

前夜の婿入り話に喜びながらも盗み聞いたとは言い出せず、面映《おもは》ゆい弓香が多門を交えて竜之介と朝餉を終えた後、お礼に一服差し上げたいと申し出られた時には給仕をしていた篠も戸惑いを隠せなかったが、三人に振る舞われた茶はかつて一同が口にした覚えがない程、深い味わいだった。

道具は元より茶葉も普段と同じものとは信じられず、風見家の台所を長年預かってきた篠をして、

『失礼ながら、お持ち合わせの銘茶をお使いになられましたのか』

『違う？　ご、ご無礼を致しました。まさか剣のみならず、茶の道におかれましても手練であらせられたとは……』

と、珍しく驚きを露《あら》わにせずにはいられなかったものである。

剣術と茶を煎じる技量。

天は二物《にぶつ》を与えずと言うが、竜之介は二つの才に恵まれている。

どこで誰から学んだのか、自ら語ろうとはしない。

多門と弓香は敢えて問い質《ただ》さず、篠を始めとする家中の者たちもいまや風見家の当主となった竜之介に対し、余計な詮索は自粛している。

それでも剣術については、新陰流と分かっていた。

刃を交えた時点で弓香は察していたことだが、田沼意次の甥を婿に迎えると聞きつけた親戚の者たちが、思いとどまらせようと調べてきたのだ。

『しかと考えなされよ兄上。田沼の一族にとって老中首座の松平越中守様は憎んでも憎み足りぬ怨敵。風見の家に入り込んだは上様の御側近くに御仕え致す立場となりて越中守様のお命を頂戴せんがために違いありませぬぞ』

『左様に相違あるまいよ。守りが堅いお屋敷は元より、登城のお駕籠も襲うとなれば至難だろうが、御城中ならば邪魔立てするお供もおらず、ご老中と申せど上様の御前では丸腰となるのが習い。主殿頭の口利きで入門した柳生様に太鼓判《たいこばん》を捺《お》された技量を以てすれば、素手でも本懐は遂げられよう。既に破門されておった故、柳生様に累が及ぶことはなかろうが、風見家は間違いなくお取り潰しじゃ』

『まぁ、何と恐ろしい……兄上、お目を覚ましてくだされ！』

『弓香も弓香ですよ。自分より手練でなくば婿には取れぬと勝手を通した挙句《あげく》、よりにもよって大罪人の甥などと縁付いて何とするのです？』

叔父も叔母もそんなことを口々に言い立てて、竜之介との縁談を破談にさせようとしたのである。

『黙らっしゃい！　主殿頭様を貶めるだけに飽き足らず、恐れ多くも将軍家御流儀にして、剣聖と称えられし上泉伊勢守《かみいずみいせのかみ》様が開かれし新陰流まで侮辱しおるとは何事じゃ。竜之介殿が柳生様に認められておったとは初めて知ったが、それ程の域に達した者が上様の御前で無礼を働くはずがあるまい。左様なことも分からぬのか、揃いも揃って愚か者め!!』

聞くに堪えない悪口雑言《あっこうぞうごん》に黙って耳を傾けた後、多門は滅多に見せぬ怒りを露わにしたものだった。

新陰流開祖の上泉伊勢守信綱《のぶつな》は、戦国乱世の関八州《かんはっしゅう》に群雄割拠した武将の一人にして活人剣を追求した剣豪。武田信玄《たけだしんげん》に敗れ、才を惜しんだ信玄から武田家に仕えることを勧められるも固辞し、残る半生を後進の育成に費やして剣聖と褒め称えられた偉人である。

信綱が創始した新陰流の正統は高弟の一人で大和国、奈良県の豪族だった柳生石舟斎宗厳《やぎゅうせきしゅうさいむねよし》に譲られ、後を継いだ四男の宗矩《むねのり》は徳川家康《いえやす》に仕官。郷里の大和国に所領を与えられ、一万石の大名となった。その後も柳生家は代々の当主が将軍の剣術指南役を拝命し、芝愛宕下《しばあたごした》の大名小路《だいみょうこうじ》大横町《おおよこちょう》近くに拝領した江戸屋敷の道場では旗本たちに新陰流を指導している。

田沼意次の甥として生を受け、何不自由なく育てられた竜之介は剣を学ぶ環境も一流だったのだ。本来ならば大身旗本の子弟以外は許されない入門も当時の意次の威光を以てすれば可能だったことだろう。

確かに竜之介は強い。

同じ新陰流でも風見家への婿入りを望んで弓香に挑んできた、見かけ倒しの大身旗本の子弟たちと違って実戦に対処し得る、具体的に言えば人を斬れる技術が身についている。

そうでなくては、いざとなっても役には立つまい。

武士が武術を学ぶのは有事の備え。

とりわけ剣術は身分の証しであると同時に最も身近な武具でもある刀の機能を最大限に引き出すことで主君を守り、家族を救うための技として、正しく会得しなくてはなるまい。将軍の直臣である旗本と御家人にとっては、尚のことだろう。

弓香は少女の頃からそう考え、一途《いちず》に腕を磨いてきた。若い旗本が武術を会得する努力を怠り歌舞音曲の稽古に現《うつつ》を抜かす有様を嘆きつつ、将軍家に事《こと》あらば女の身でも役に立つことを証明すべく、鬼姫の誹《そし》りを甘んじて受けてきた。

竜之介との立ち合いを終えた当初、弓香は自分が勝ったと思った。

手が合う相手と初めて巡り合えた僥倖に喜び、図らずも傷を負わせたのを申し訳なく思う一方、僅差で勝利したと確信していた。

しかし、事実は違った。

竜之介は弓香に怪我をさせてしまう前に勝負を終《しま》いにすべく、わざと刃を受けたのだ。その傷を浅手にとどめることができたのは立ち合いを通じ、太刀筋を読まれていたがゆえのことだった。

怪我の手当てをした後の多門と竜之介の話を盗み聞き、事実を知った弓香は技量の差を思い知らされ、己の未熟を痛感すると同時に竜之介の気づかいに感激した。

多門が婿入りを持ちかけてくれたことに歓喜し、話を受けてくれた竜之介に感謝したのは言うまでもない。

その竜之介を、親戚たちは舌鋒鋭く批判したのだ。

竜之介の伯父である田沼意次が主導した重商政策が商人の資金力に依存し過ぎ、拝金主義という風潮を生んだ結果、賄賂が蔓延。幕府の役職に就くのも金次第となったことが宜しくないのは、政治に疎《うと》い弓香にも分かる。

そんな意次も竜之介にとっては良き伯父にして庇護者であり、理解者でもあったという。敬愛する伯父から全てを奪い取った松平定信に対し、いまだ怒りを抱いていて

弓香は袱紗を添えて刀を持ち、しずしずと後に従う。

竜之介の装いは熨斗目に青い肩衣。小柄ながら姿勢が良いので貫禄がある。半袴の帯前に差した脇差は日々の手入れが行き届き、手垢で汚れがちな柄の菱巻の一つ一つに至るまで、きっちり磨き込まれていた。

弓香が着ているのはお引きずり。大名や旗本の奥方のみならず、大奥でも位の高い奥女中が間着《あいぎ》と称して打掛《うちかけ》の下に着ける、裾を長く優雅に仕立てた小袖である。

「いってらっしゃいませ、殿様」

弓香が差し出す刀を帯びて、竜之介は敷居を超える。

定口を出た所では、お供の一行が顔を揃えて待っていた。

五百石以上の旗本は登城する際、駕籠か馬に乗って屋敷を出る。

引き戸が付いた武家の駕籠は乗物と呼ばれ、家の格が高くなる程、拵《こしら》えを豪華にすることが許される。風見家でも一挺の乗物を所有しているが、竜之介は馬を好んだ。

「殿様」

「うむ」

口取《くちと》りの中間《ちゅうげん》から手綱を引き取り、さっと跨る動きは危なげない。馬の方も慣れたもので、竜之介を乗せて嘶《いなな》く声は落ち着いていた。

栗毛も見事な、この馬の名前は疾風《はやて》。風見家の知行地に含まれる信州の山村で育った疾風は、婿を迎えた祝いとして献上された駿馬である。

疾風と共に風見家に仕え始めた、口取りの名前は左吉《さきち》。双子の弟の右吉《うきち》と共に、両側から疾風に寄り添う。共に今年で十九となる兄弟は生まれた時から一緒なだけに、息もぴったり合っていた。

「出立！」

竜之介が騎乗したのを見届けて、用人の松井彦馬《まついひこま》が号令を発した。風見の家臣で最年長の彦馬は五十二歳。得意の算勘《さんかん》の才を活かし、女中頭を務める妻の篠と共に風見家を長年支えてきた忠義の士である。

無言できびきびと進み出て、一行の前に立ったのは今年で五十になる足軽の島田権平《しまだごんぺい》。登城の際には行列を調える押《おさえ》の役目を務め、屋敷では片番所を預かる一方、風見家が近隣の旗本と共同で運営する辻番所に他家の足軽たちと交代で詰め、界隈の安全を守るために目を光らせる。

左吉と右吉に付き添われた竜之介と疾風を先頭に槍持ちの鉄二《てつじ》、草履取りの文三《ぶんぞう》、挟箱《はさみばこ》持ちの瓜五《うご》と長柄傘《ながえがさ》持ちの勘六《かんろく》と順に続く。

江戸城の大手門前から本丸御殿の玄関までは草履取りと挟箱持ちのみを伴い、竜之介が登城した後は全員が屋敷に戻る。朝に出仕して昼過ぎに下城する役職ならば大手門前の下馬先《げばさき》の広場にて待機するが、小姓は翌日の昼前まで御城中に留まるからだ。

「いってらっしゃいやし……お前ら、殿様をしっかりお守りしろよ」

中間頭の又一《またいち》は竜之介と彦馬、権平を見送りつつ、お供を務める配下たちに気合いを入れる。

今年で四十二歳になる又一は、小柄ながら眼光鋭く威厳ある男。

その傍らで羨《うらや》ましげな茂七《もしち》は十七歳。同じ村の左吉と右吉の兄弟と共に、風見家へ中間奉公に上がったばかりの若者である。

「おいらも殿さまのお供がしたいです、カシラぁ」

「やかましい。新入りにゃ新入りの仕事があるだろが」

「へーい」

又一にどやしつけられ、茂七は慌てて駆けていった。

家中にはそれぞれの役目があるのだ。

武士は主君の有事に備えて武器を蓄え、兵馬を養う義務を負う。

将軍家直参の旗本に課せられるのは、幕府の軍役規定だ。

風見家本来の石高である三百石の場合、いざ出陣となった時に必要な手勢は侍一人に足軽及び中間が六人の合わせて七人だが、足高の二百石を追加で支給されている限りは五百石の規定に従い、侍一人と中間三人を加えた十一人を召し抱えていなければならない。

しかし先祖代々務めた役目でも、いつ御役御免にされるか定かでないのが武家の理《ことわり》である。

大名も旗本も形だけ人数を埋めればいいと割り切り、口入屋《くちいれや》に手配させた渡り中間を雇っておいて不要になれば解雇する家が多いが、いつお払い箱にされるか分からぬ雇い方では勤勉な働きなど期待できず、主従揃って適当な家中となりかねない。

風見家は三百石取りで必要とされる侍にして用人の彦馬と足軽の権平、又一ら中間五人の合わせて七人のみを正規に召し抱え、三人の中間は知行地の村から呼んだ若い者を数年ずつ、交替で奉公させるのを習わしとしていた。

幸い知行地の村は浅間山《あさまやま》大噴火の溶岩流を免れ、米は火山灰の影響で不作となって久しいものの山仕事や馬を使った荷運びの稼ぎ口には事欠かず、もしも竜之介が御役御免にされて足高を失い、召し抱えられなくなってしまったとしても帰しやすい。

これは多門の亡き父に祖父、曾祖父と代々続いた人事だ。

村には親から子、更には孫と風見家に奉公してきた家も少なくない。

多門は父祖の代から知行地を代官任せにせず、折に触れて自ら視察に赴くことを心がけている。長きに亘る付き合いがあればこそ、村人たちも安心して伜や孫を江戸に送り出せるのだ。

とはいえ侍一名の枠だけは村人で賄うわけにもいかず、口入屋に浪人でも身元の確かな者を探して貰っていたが、多門が隠居するまで仕えてくれた者が元の主家に帰参する運びとなり、竜之介に家督を譲ったのを機に彦馬の息子の帳助《ちょうすけ》を仕官させた。

「さて、殿のお帰りまでに帳簿をまとめてしまいましょう」

登城の一行を見送り、丸眼鏡をくいと上げて呟く帳助は父親以上の算盤遣い。

今日も風見家は平穏無事であった。

八

小姓たちが半刻交替で一服する休憩所は、このところ雰囲気が明るい。

竜之介のいま一つの特技の効果である。

「風見、茶をくれぬか」

「それがしも頼むぞ」

「おお、すまぬな」

くつろぎのひと時に俊作と英太、雄平の三人が笑顔で啜っているのは、竜之介が煎じたばかりの一杯。

当初の喧嘩腰はどこへやら、すっかり警戒を解いていた。

「ううむ、たかが煎じ茶と侮れぬな」

相伴《しょうばん》した忠成も感心している。

茶葉を湯煎する煎じ茶は奈良時代に遣唐使《けんとうし》が茶をもたらし、平安時代初期に天台宗《てんだいしゅう》開祖の最澄《さいちょう》が持ち帰った種子による栽培が畿内で始まった頃、既に行われていた。

当時の製法で作られた団茶《だんちゃ》という茶葉は臭いが強く、喫茶の風習が広まるには至らなかったが鎌倉時代、海を渡った臨済宗《りんざいしゅう》開祖の栄西《えいさい》が石臼で粉末にした抹茶《まっちゃ》を碗に入れ、湯を注いで撹拌させる点茶《てんちゃ》の技法を持ち帰ると禅僧の間で修行中の睡魔を払う方法として定着し、体にも良いと説いた栄西を通じ武家に流行。栽培地も畿内から駿河《するが》、関東と拡がり、室町時代から戦国乱世にかけて茶道が成立。千利休《せんのりきゅう》によって大成された。

こうして普及した上、茶道として哲学の域にまで達した点茶に対し、煎じ茶は手軽な喫茶法としか見なされていない。

盛り場に多い水茶屋では茶鑵《さかん》や急須で湯を沸かし、茶葉を投じた後に火から下ろすため出が良く、見た目も鮮やかとなる反面、肝心の味は苦みや渋みが勝りがち。家庭で茶を煎じる場合も概ね同じだが竜之介は大小二つの急須を使い分け、湯を沸かすのに大ぶりの、茶葉を煎じるのには小ぶりの急須を用いる。沸騰させた湯は直に急須へ注がず茶碗にまず受け、湯加減を調整するのと同時に器を温める一石二鳥の工夫まで見られた。

そんな竜之介は、携帯用の茶道具まで持っている。

大小の急須と小ぶりの茶碗。

ぼうろのような、嵩張らない茶菓子。

どこでも湯を沸かすことができる、携帯用のたたみこんろ。

茶道にも道具一式を専用の箱に収めて持ち運び、野点《のだて》などに用いる茶箱点前《てまえ》があるが竜之介の茶道具は頭陀袋《ずだぶくろ》一つに収まる程度でかさばらない。

もちろん城中には茶坊主が毎日出仕しており、濃茶《こいちゃ》もお薄《うす》も点ててくれるが昼八つ、午後二時に炉の火を落とした後は対応してもらえない。

その点、竜之介の煎じ茶はいつでも一服できる。

今や家斉も御気に入りとなり、初めて所望した時こそ忠成が毒見をしたが二度目からは平然と口をつけ、折に触れて煎じさせていた。

九

「風見、茶を煎じよ。越中にも振る舞うてやれ」

家斉が竜之介に命じたのは、その日の午後の政務中のことだった。

「越中守様にも？　それがしの粗茶で宜しいのでございまするか」

「苦しゅうない。ちょうど八つ刻だ。しばし休むぞ、越中」

「上様……」

定信はじろりと家斉を、続いて竜之介を疑わしげに見返した。

「ははは、風見が毒でも盛ると思うたか。余に相伴致すのならば大事あるまい？」

「……頂戴致しまする」

平家蟹のごとき顔を更にしかめながらも、定信は拒み通さなかった。

竜之介はすぐさま下がり、茶道具を手にして戻る。

その間に、定信も御座の間から一時退出していた。

自ら持ってきたのは、日頃から老中の御用部屋にて使用している茶碗。

「これに注いでくれ」

「承知つかまつりました」

手渡す前に懐紙を取り出し、几帳面に底まで拭って寄越した茶碗を竜之介は謹んで受け取った。定信が中座している間に俊作が捧げ持ってきた、家斉専用の茶碗の下手《しもて》にそっと置く。

既にたたみこんろで湯が沸いていた。大ぶりの急須で沸騰させた湯を竜之介は二つの碗に注ぎ分け、茶葉を入れた小ぶりの急須にまとめて注ぐ。

程なく、二人分の茶が飲み頃に煎じられた。

心地よい香りと共に、武骨な茶碗が満たされていく。

家斉と忠成、俊作らが見守る中、定信は茶碗を取る。

口元まで持ってきた瞬間、ただでさえ険しい眼差しが鋭さを増した。

「御口を付けられてはなりませぬ！」

家斉に有無を許さぬ勢いで告げるや、同席していた頼母を呼んで小声で命じる。

あたふたと退出した頼母が、しばしの後に持ってきたのは金魚の鉢。

一同が絶句した中、二つの碗に注がれた茶は既に冷めきっていた。

定信は自分の茶碗を静かに傾け、鉢に注ぎ込んでいく。

元気に泳いでいた数匹の金魚が、瞬く間に硬直して浮き上がる。

毒。そう判断するより他にない反応であった。

「田沼の一族め、とうとう馬脚を現しおったな」

「越中守様……」

一喝浴びせた定信を前にして、竜之介は茫然自失。

騒然とする一同の声も、遠くに聞こえるばかりであった。

第二章　濡《ぬ》れ衣《ぎぬ》を断て

一

小姓たちの動揺を鎮《しず》めたのは頼母だった。

「上様の御前であるぞ！　おぬしらが狼狽《うろた》えて何とする‼」

日頃の嗄れ声とは別物の、腹の底から発する大音声《だいおんじょう》。

思わぬ事態を目《ま》の当たりにして、声にならない悲鳴を上げるばかりだった俊作らの震えがぴたりと止まる。

一方の定信は肩衣を外しざま、竜之介に跳びかかっていた。

「分をわきまえぬ愚か者め。身共が直々《じきじき》に目付へ引き渡してくれるわ」

一転して落ち着いた口調。声を荒らげるよりも底知れぬ怒りを感じさせる。

竜之介は茫然としている隙に体《たい》を固められ、右肩の関節を極《き》められた。

定信の実の父親の徳川宗武《むねたけ》は文武両道に秀でた田安徳川家の祖。

その期待を背負って育てられた定信は、養子に出された後も学問と武芸の稽古を欠かすことなく過ごしてきた。古来より武士の表芸とされている弓馬刀槍で弓術だけは断念したが剣術と槍術、馬術に加えて砲術に取り組む一方、学問を通じて大名仲間と交流の輪を拡げ、誘われて始めた起倒流柔術《きとうりゅうじゅうじゅつ》の腕前は高い評価を得ている。

「越中守様、それがしは何も」

「黙りおれ。忌々《いまいま》しい主殿頭の尻尾め」

「ご、ご無体な」

「ちょろちょろと未練がましゅう蠢《うごめ》かれては目障りだ。観念せい」

竜之介は弁解も許されぬまま締め上げられた。

定信の柔術はあくまで基本に忠実。

されど、柔術の原型となった小具足《こぐそく》──戦国乱世の合戦場《かっせんば》で矢弾《やだま》の尽きた武者同士が斬り合って刀も損ね、組み討ちに及んだ末に最後の武器である馬手差《めてざし》で首を取る際に真価が発揮された、実戦の技とは、あくまで別物。

それでも耐え続ければ腕の筋《すじ》を断たれ、骨まで折られることになる。

分かっていても、竜之介は耐えるしかない。相手が聞く耳を持たぬ以上は抵抗せずにいることで無実を訴えるより他になかった。

「訊かれたことにだけ返答せい。身共を狙うたのはうぬ一人の存念か、それとも身内と示し合わせたか？」

きれいな技と同様に、畳みかけるような口調で定信は尋問する。

「お見立て違いにございまする、ご老中様……」

痛みに耐えながら竜之介は答える。

反撃するのは容易《たやす》かった。

定信の攻めは素人目には鮮やかだが、武術としてはまだ甘い。金的を一撃して悶絶《もんぜつ》させ、体勢を入れ替えざま命を絶つこともまだ可能だった。

しかし、実行に移すわけにはいかない。

竜之介は風見家の婿に迎えられ、弓香と夫婦になった。

いまや長男の虎和もいる。

義父と妻子、そして家中の者たちを、己が一存で路頭に迷わせるわけにはいかない。

弓香と出会うまで斬るだけでは飽き足らず、亡骸《なきがら》を微塵にしてやりたいと思うほど憎み抜いた相手にのしかかられ、裏を返せば無念を晴らす絶好の機に恵まれながらも、反撃に転じることはできかねた。

「往生際の悪さは伯父譲りか。ならば認めるまで付き合うてやろうぞ」

定信は更に竜之介を締め上げていく。

「放してやれ、越中」

気を失いかけた時、竜之介は救いの声を耳にした。

家斉である。定信が肩衣を外すと同時に席を蹴り、締め上げられるがままになっている竜之介の許へ駆け付けたのだった。

二

「余の言葉が聞こえぬのか松平越中守。風見を放せ」

家斉は重ねて定信に命じた。

いつもは平気で略す守の一字に姓まで付けたのは、他の大名と接する時と異なる扱いである。

口調こそ険《けわ》しいものの、礼儀を払ったことは伝わったらしい。

「……御意《ぎょい》」

定信は下を向いたまま答えると技を解き、竜之介を解放した。

「面《おもて》を上げよ。そのほうもだ、風見」

二人に命じる家斉の傍らには、後を追ってきた忠成が控えていた。

家斉から預けられた御刀を持ち、竜之介と定信に向けた視線は鋭い。同門の剣友にして小姓仲間である竜之介に寄せる情も、幕閣の頂点に立つ定信への敬意も、今は一片とて見出せない。

鞘ではなく柄を手にしているのは、家斉に無礼を働く者への備え。相手が誰であろうと容赦せずに成敗する、将軍の御刀持ちの使命を体現していた。

他の小姓たちは肩を寄せ合い、事の成り行きに固唾《かたず》をのむばかり。頼母は膝の痛みも忘れた様子で足を折り敷き、四人の行動を見守っていた。

「越中に尋ねる」

定信と竜之介を正座させると、家斉は改めて口を開いた。

「そのほうも余と同じ御三卿の生まれなれば毒を知り、毒を制する術《すべ》が身についておるはずだ。幼き頃は病弱だったそうだが、命を救う術を学ぶためとあっては手加減もされなんだであろう。余に甘い一橋の父上も、そのことだけは厳しかったゆえな」

「……御推察の通りにござる。家中の毒見役の立ち合いの下にて鍛え、ある程度の量ならば諸毒に耐え得る体を養い申した」

「されば、その茶はどうであった。余がそのほうに引導を渡さざるを得なくなった時にも、それだけ用意すれば十分か？」

「左様……余さず乾したところで……死には至らなかった、かと……」

答える定信は歯切れが悪い。家斉の本音か冗談か判断しかねる問いかけに戸惑ったのか、それとも茶に仕込まれた毒が致死量に達していなかった事実を認めたくないがゆえなのか、その口は重かった。

「これは河豚《ふぐ》の肝より取り出したる毒にござる……この程度の量ならば金魚はともかく、体が痺《しび》れるだけで済んだ、かと……」

「河豚毒か。命知らずが好んで食するという、あのてっぽう鍋とやらも噂によると当たり外れがあるそうだが、その茶にも大して染み出ておらぬということだな？」

「……御意」

「ならば騒ぎ過ぎだぞ越中。可愛い初雛《しんひな》を相手に無益な殺生をしおって」

家斉は定信を叱ると、鉢に浮いた金魚たちを痛ましげに見やる。

三月早々に出荷が始まる金魚は雛祭りに欠かせない。買い求めた一匹を鉢に入れ、雛人形に添えて飾る習わしに基づいて、出始めの金魚は初雛と呼ばれていた。

「乾しても死なぬと承知で見逃さず、毒入りと騒ぎ立てたのは何故だ」

「当然にござろう。これは台所役人を庇うため、飯に混じった砂や糸くずを知らぬ振りして飲み込んでやるのとは話が違いまする。こやつがしたことは役目の上の落ち度に非ず、筋違いの私怨を晴らさんがための悪しき所業。仕損じようとも罪は罪。暴いて処さずに何とするのでござるか」

家斉の叱りに負けじと定信は言い切った。

「しかも場をわきまえず、身共に茶を振る舞えとの御下命を幸いに一服盛るとは不届き千万。恐れながら上様は、こやつに利用されたのでござる」

「風見が日々茶を煎じ、皆を喜ばせておったのは、余がそのほうに勧める機を狙ってのことであったと申すのか」

「左様にござる」

「何の証拠もなしに言い切るでない」

「この有様が何よりの証しにござる」

定信は悪びれもせず金魚鉢に目を向ける。

「そのほうはどうあっても風見を咎人《とがにん》に仕立てたいらしいな」

家斉は渋い顔で呟いた。

渋面《じゆうめん》を幾ら作っても定信の平家蟹じみた形相には及ばぬが、この幼さこそ家斉の強みである。

将軍の威光に子供じみた我がままが加われば、先程のように突拍子もない問いかけをしても不思議ではないし、相手も怒れない。堅物の定信にとっては尚のこと、苦手な筈《はず》のやり取りだった。

「最後に問うぞ、越中」

「何なりと仰せになられませ」

「そもそも風見が持参の道具を拒み、自前の碗を用いたのは何故だ。軽輩が相手でも無礼なこととは思わなんだのか」

「無礼は元より承知にござる。恨みを買うた主殿頭の身内なれば、用心に越したことはないと判じ申した」

「さればいま一つ問うぞ。知っての通り、河豚の毒は熱に強い。そのほうは風見を罪に陥れ、余から遠ざけんがための策として、それなる碗の底か縁に塗り込めて参ったのではあるまいな」

「滅相もござらぬ」

家斉が向けた疑いを、定信は毅然と否定した。

「左様な次第となりましたゆえ、やむなく手出しを致しましたが、身共は元々こやつを疎《うと》んじておらず、構う気もありませなんだ。濡れ衣を着せるほど憎んでおれば役目替えどころか風見の後を継ぐことも、そもそも認めは致しませぬ」

「取り繕《つくろ》うのは止めにせい。風見はそのほうがいまだ悪しざまに罵《ののし》らずにはいられぬ、田沼主殿頭が甥なのだぞ」

「何も取り繕ってはおりませぬ。たしかに少々不快ではござったが、ただの小姓である限り、御側におっても構わぬと思うており申した」

「何故だ」

「身共は常々、小姓は置き物か鳴り物としか思うていないからでござる」

「置き物だと？」

「その通りにござる。こやつらは見目良き姿で上様の御座所を飾り、益なき話や遊戯の御相手をつかまつりて御機嫌を取り、御耳障りの良きことばかり申し上げて禄を食《は》む果報者……たとえ廃したところで御政道には何ら支障を来《きた》さぬ役目にござる。それなる風見も愚行に及ばず、上様の御茶汲み小姓に徹しておれば、身を亡ぼすこともなかったでござろう」

「言い過ぎだぞ越中」

家斉は眉間に皺を寄せ、不快の念を露《あら》わにした。

「風見は剣の腕も立つのだ。そのほうが自慢の柔術にも引けを取るまい」

「御下問にお答え申し上げただけにござる」

定信は動じることなく続けた。

「ともあれ置き物の一つを取り除かんがために策を弄するほど、身共は暇な身ではござらぬ。そもそも御前に罷り越したは茶を喫するためには非ず、御政務あってのことにございまするぞ」

「分かっておる。今月中に発すると申しておった、奢侈《しゃし》禁令のことだな」

「急務にござれば、続きを御聞き願い上げまする」

「まだあるのか？　常より長い話だったが」

「恐れながらこれまでに申し上げただけの内容では、まだ必要な細目の半分にも及んではおりませぬ」

「それ程か」

「それ程にござる」

「奢侈品の製造ばかりか売り買いまで禁じては市井《しせい》の民、とりわけ札差《ふださし》どもの反発は必定なれば程々にせよと、そのほうが草案を練り始める前に釘を刺したはずだが」

「あやつらの贅沢は度が過ぎまする。手加減は一切《いっさい》無用かと」

「あくまで締め上げる所存なのだな」

「御意」

「……致し方あるまい。風見への尋ねが終わり次第、続きを聞こう」

ため息と共に家斉が答えると、定信は重々しく頭を下げた。

「さて風見、聞いての通りだ」

家斉は竜之介に視線を向けた。

「越中は狂言に非ずと言い切っておる。ならば、そのほうの仕業なのか」

「それがしの粗茶はただ、皆様に喜んで頂くためのものにございまする」

竜之介は言い切った。傍らの定信が渋面を更に顰《しか》めても、もはや動じはしなかった。

「されば越中のための一服も、同じ気持ちで煎じたと？」

「左様にございまする」

「さもあろう。余も長話の腰を折るためとは申せ、そのほうの茶ならば大事あるまいと思うて命じたのだ」

「この身に余る御言葉にございまする」

「したが、毒が出たのは見ての通りだ」

「…………」

「越中の碗が出どころに非ずとなれば、残るはそのほうの茶道具のみ。他の者は手伝うておらぬ以上、嫌疑がかかるもやむなきことだぞ」

「恐れながら、それがしは断じて毒など盛ってはおりませぬ」

「重ねて問う。これはそのほうの仕業なのか」

「いえ、天地神明《てんちしんめい》に誓《ちこ》うて違いまする」

「偽りないか」

「ははっ」

「ならば証しを立ててみよ」

「証し、にございまするか」

「真の咎人を示す手証《てしょう》を探し出し、夕餉の一刻前までに余の稽古場へ持って参れ」

将軍が大奥に渡り、御台所と夕餉を摂るのは暮れ六つ刻の午後六時。

その一刻前ということは夕七つ、午後四時だ。あと二時間しか残されていない。

「七つ刻に御稽古場、でございまするか」

竜之介は厳しい条件を突きつけられながらもたじろがず、家斉に念を押す。この身の潔白を証明することを許されたからには、命じられた通りにするしかあるまい。

「左様。柳生のじいも下城したゆえ、余計な邪魔は入らぬからな」

家斉は頷いた。

「手証を越中と共に吟味し、そのほうの仕業と明白になった時は、余が直々に手討ちに致す」

家斉の思わぬ発言に小姓たちは凍りつく。

成り行きを見守っていた頼母の顔から血の気が失せ、傍らに控えた忠成も刀を捧げ持つ手を一瞬、不覚にも震わせた。

微動だにせずに聞いていたのは定信、そして竜之介のみ。

家斉は竜之介を見据えて言った。

「証しさえ立てば、それで良いのだ。夕餉の前の腹ごなしに稽古を致すゆえ大和と二人で相手せい」

「御意」

竜之介は深々と頭を下げた。

「ふっ、迷わず答えおったか」

家斉は微笑むと、再び定信に向き直った。

「左様な次第と相成った。これでよいな、越中」

「心得申した」

竜之介に続いて定信も頭を下げる。

それを見届け、家斉はさりげなく付け加えた。

「さて……風見には一名だけ、助《すけ》を頼むことを差し許そう」

「人手を借りても宜しゅうございまするのか？」

「せめてもの余の情けだ。小姓でも小納戸でも構わぬ。好きに使え」

「かたじけのう存じまする」

「時は待ってはくれぬぞ。早う参れ」

「ははっ」

竜之介は重ねて平伏すると、御座の間を後にした。

肩越しに見送る定信の視線は冷たい。

構わず家斉は忠成を従え、上座に戻っていく。

政務の続きをするためだ。

「金井」

定信も頼母を促して後に続いた。

「されば上様、続きを申し上げまする」

政務を再開した時には、竜之介のことなど眼中になかった。

三

御座の間の外に、家斉たちのやり取りを盗み聞く者がいた。

白衣《びゃくえ》に羽織袴を着け、頭を剃り上げている。

坊主ではあるが、男ではない。襖越しに聞き耳を立てていたのは、四十前と見受けられる女だった。

目は小さいが鼻梁は高く、口も大きい。

整った顔立ちながら貪欲さを感じさせる風貌だった。

女人にしては上背があり、四肢も伸びやか。胸と尻の豊かな張りが白衣に羽織を重ねた上からも見て取れる。

襖が開く寸前、女は身をひるがえした。

大柄ながら、動きは機敏。

足下に置いていた風呂敷包みを持って去ることも忘れない。

御座の間からまず出てきたのは竜之介。

わき目も振らず去った後、俊作と英太、雄平の三人が姿を見せた。

「風見は行ったか。全く、馬鹿な真似をしおって……」

「命知らずにも程があるぞ。よりにもよって越中守様に……」

「あやつとの付き合いも今日限りか……馴染めば良き奴だったなぁ」

声を潜めて言葉を交わす三人に気づかれることなく、女が足を運んだ先は大奥の御《お》錠口《じょうぐち》に繋がる御鈴廊下《おすずろうか》。

この御鈴廊下は将軍が大奥へ渡る専用通路だ。

江戸城では表と中奥が上《かみ》の錠口で隔てられ、中奥と大奥の間には御錠口が設置された上、壁には銅板まで張られている。大奥に男子が立ち入ることが御法度《ごはっと》なのと同様に、奥女中が中奥と表に出入りをするのも厳しく禁じられていた。

将軍以外に御鈴廊下の通行を許され、男と女の領域を自由に往来できるのは、頭を丸めることによって性別を取り沙汰されない立場となり、将軍が側室と同衾する際の御目付け役まで仰せつかる、御伽《おとぎ》坊主と呼ばれる者たちのみ。

その女の身なりも表から中奥に来るまでは、御伽坊主と同じだった。

御鈴廊下の手前で立ち止まり、膝をついて風呂敷を広げる。

取り出したのは頭巾と袈裟《けさ》。いずれも高価な品である。

地味な黒羽織に替えて袈裟を纏い、頭巾を被る。

畳んだ羽織を風呂敷に包み、何食わぬ顔で立ち上がる。

本物の尼僧、それも格の高い者と見紛《みまご》う風格を漂わせる女の頭巾には羽衣を思わせる、薄物の垂れ衣《ぎぬ》が付いていた。

透けて見える表情は自信に満ちている。

口角を上げて微笑む様は大胆不敵。

行く手に向けた両の目は眼光炯々《がんこうけいけい》。

鋭利な刃の煌《きら》めきにも似た、鋭い輝きを放って止まない。

この女人の名は咲夜《さくや》。

去る天明八年の正月早々、京の都が応仁《おうにん》の乱《らん》以来の被害となる大火に見舞われ、被災した御所の再建を仰せつかった定信が上洛の折に見出して江戸に呼び寄せ、大奥に出入りをさせている源氏読みだ。

源氏読みとはその名の通り、源氏物語の読解に長じた者のことをいう。

藤原《ふじわらし》氏の摂関《せつかん》政治が栄華を極めた時代の宮廷文学の代表作にして、男女の愛欲と深い業が綴られた作品を堅物の定信が好んだのは、不自然なことではない。定信の先祖にして徳川将軍家の祖、東照大権現こと徳川家康が生前に愛読していたからである。

家康は源氏物語を武家で唯一の征夷大将軍《せいいたいしょうぐん》に任じられる資格を持つ、我が一門の物語と認識し、複数の写本を蒐集《しゅうしゅう》。大坂《おおさか》の陣《じん》では戦利品として豊臣家秘蔵の『源氏物語絵巻』を入手し、源氏読みなど斯道の専門家を再三招いて講義を受ける程、熱中したという。

将軍家の祖である家康公が認め、諸大名にも愛好された源氏物語には高名な国学者の賀茂真淵《かものまぶち》や本居宣長《もとおりのりなが》も深い関心を寄せており、紫式部《むらさきしきぶ》が執筆してから千年近くの時を経ても尚、注目を集めて止まない。

定信が源氏読みの咲夜を江戸に招聘し、大奥に日参して講義をすることを依頼したのは彼が目指す幕政改革の一端。公家《くげ》の生活様式を手本としながら実を伴わず浪費に走るばかりの現状を憂慮し、将軍家と縁の深い源氏物語を学ぶこと通じて、御台所の茂姫を始めとする大奥の女たちに知性と教養を身に付けさせるためだった。

この依頼を咲夜は快諾し、年が明けてすぐに江戸へ下った。

男所帯である表と中奥を通過する際には余計な目を惹かぬため、御伽坊主と同じ身なりをすることを定信に義務付けられたが、御鈴廊下を含めた大奥の領域では何を着ようと問題はない。

高貴な尼僧めいた装いに身を包み、咲夜は粛々と歩みを進める。御座の間での一部始終を秘かに聞いていたことなど、毛ほども匂わせてはいなかった。

四

大川堤に王子《おうじ》の飛鳥山《あすかやま》、品川《しながわ》の御殿山《ごてんやま》。

江戸の桜の三大名所は八代将軍の吉宗が庶民の健全な娯楽として、花見を推奨するために整備させた景勝の地である。

御三家の紀伊徳川家から誕生した初の将軍として幕政改革を断行し、自ら質素な暮らしに徹した吉宗も日頃の倹約を一時《いっとき》忘れ、飛鳥山で大勢の家臣と共に花見を楽しんだという。

この三大名所が庶民の人気を博したのに対し、古来より文人墨客《ぼっかく》が愛する日暮《ひぐらし》の里《さと》と共に高尚とされたのが芝の増上寺《ぞうじょうじ》と並ぶ将軍家代々の菩提寺、寛永寺《かんえいじ》のお膝元である上野《うえの》のお山だ。

江戸に幕府が開かれて早々に吉野山《よしのやま》を模して整備され、麓の桜ヶ峯には早咲きの彼岸桜、中腹に中咲きの吉野桜、その先に祀られた霊廟の周辺には遅咲きの里桜と山桜、牡丹桜に八重桜と麓から順に花開く上野の桜はより長く花見が楽しめる。

寛永寺のお膝元だけに山同心《やまどうしん》の見回りが厳しく、派手に騒ぐことができぬ代わりに酒の勢いで悪さをする酔客も出没しないとあって、富裕な商人たちが花見小袖と称する一着を娘に纏わせ、美を競い合わせた後はその小袖を枝から枝へ張り渡した紐に吊るし、幟幕《のぼりまく》の代わりにして桜と共に眺めを楽しむという、風流にして艶やかな習慣が生まれた。

今年も上野のお山では、色とりどりの花見小袖が風に舞っている。

改元直後の二月に米が大飢饉の発生後初の値下がりを記録し、市中を騒然とさせた打ちこわしも絶えた江戸の治安は安定しつつあったが、米の不足に伴う不景気はいまだ尾を引いていた。

今も昔も上野で花見を楽しめるのは、分限者《ぶげんしゃ》ばかりということらしい。

「すげぇ数だなぁ。豪気なもんだぜ」

「染めも見事だな。さぞ値も張るこったろうよ」

「小町娘に花見小袖か。おいらもあやかりてぇなぁ」

山の中腹を歩きながら呟いたのは、道具箱を担いだ三人の大工。

庶民の中では稼ぎ頭の男たちも不景気の最中とあって余裕がなく、花見酒の気分だけでも味わおうと仕事の帰りに寄り道をしたのだ。

「棟梁《とうりよう》さんがた、ちょいと一杯いかがですか？」

そんな大工たちに思わぬ声がかけられた。

にこにこしながら歩み寄ってきたのは、商家の手代らしい二人組。揃いの印半纏の一人は酒徳利と枡を、もう一人は田楽《でんがく》の串が山と盛られた大皿を手にしていた。

「お前さんがた、門屋《かどや》さんの？」

印半纏に染め出された屋号を見て、大工の一人が驚いた声を上げる。

「手前あるじの振る舞い酒をお持ちしました」

手代が笑顔で枡を差し出した。

「お振る舞いって……よろしいんですかい？」

「さぁさぁ、どうぞご遠慮なく」

「そ、それじゃおいらから頂戴するぜ」

道具箱を足下に放り出し、大工は枡を受け取った。

「おっとっと……」

気前よく注がれた酒をお迎えに行く大工の傍らでは、仲間の二人が田楽を頰張っている。

「さすがは門屋さん、気前がいいなぁ」

「全く門屋様様だぜ」

順繰りに枡酒を堪能した大工たちは、思いがけないお振る舞いに恵比須顔。他にも幾組もの手代が徳利と大皿を手にして、通りすがりの人々に惜しみなく酒と田楽を振る舞っている。

花見小袖の幟幕の向こうでは、あるじの新左《しんざ》がご満悦だった。

「はっはっは、施すってのは気分がいいねぇ」

朱塗りの杯を片手に笑う新左の周りには、きれいどころの芸者衆。

「旦那ぁ、あたしにもお振る舞いくださいましね」

「黄金《こがね》あしらいの櫛に笄《こうがい》、簪《かんざし》もお願いしますよぅ」

「もうすぐ御上の御取り締まりが厳しくなるんでしょう？　今の内に買いだめしておかなくちゃ」

「はっはっ。そんなもの、幾らでも買ってやるさね」

芸者衆のおねだりに、新左は余裕の笑顔で応じる。

四十男の新左は役者めいた名前に似合わず丸顔で小太り。一見優しそうな雰囲気だが、糸のように細い目までは笑っていない。

「だけどねぇ、何も慌てることはないいんだよ」

その醒《さ》めた目を更に細めて、新左は言った。

「お前さんたちが心配してる取り締まり、奢侈品の禁令なんざ、どうせ出やしないんだからね」

「そうなんですか？　ご老中の松平越中守様がまた無茶をなさるって、御城勤めのお役人がお座敷で愚痴《ぐち》ってましたけど」

「確かに準備はしているらしいが、肝心のご老中がどうにかなっちまったら反故《ほご》になるだけだ。あっちこっちで無理強いばっかりしているせいで、敵が多いらしいからな」

確信めいた口調でうそぶく新左の向かいでは、三十過ぎと見受けられる浪人が黙々と杯を傾けていた。

無駄なく引き締まった体に纏《まと》っているのは、黒みの強い茶色が力強さを感じさせる吉岡染《よしおかぞ》めの着物と袴。杯に添えられた指の動き一つを見ても隙がない。

「松平越中守か……いっそ、この手で斬り捨ててやりたいわ」

華やかな席で場違いな剣呑《けんのん》さを漂わせつつ、浪人は呟いた。

「まぁ、怖い」

物騒な一言に、酌をしていた芸者が眉を顰める。

今年から新左の用心棒に雇われた、御家人崩れの浪人の名は室井源吾《むろいげんご》。

二十歳の時に出奔《しゅっぽん》した江戸に舞い戻るまで武者修行のため十年余り、関八州《かんはっしゅう》を巡る旅暮らしを続けてきたとのことだが、漂わせる雰囲気は剣の神髄を求める求道者《ぐどうしゃ》とは程遠い、殺気と屈折した感情が入り混じったものだった。

「ですけど先生、越中守様は大した武芸自慢だそうですよ」

「ふん、そんな自慢など役には立たぬ。所詮は畳の上の水練だ」

薄く笑うと、源吾は杯を空にする。

ぽんと放り、左脇に置いていた刀に手を伸ばす。

腰に取りざま、鯉口《こいぐち》を切る。

抜き打った刀身が鞘に戻された時、杯は四つに割られていた。

「ひっ」

のけぞった芸者を前にして、源吾は暗い笑みを浮かべる。

「室井さん、杯もただじゃないんですよ」

新左が源吾に苦笑を向けた。

「天下の門屋がけちくさいことを申すでない。酔うておってもこのぐらいは容易《たやす》いと雇い主に見せておかねばと思うただけだ」

事もなげに源吾は答える。

「はっはっ、お前さんの腕前は元より承知の上です。おかげさんで取り立ても、ぐんと楽になりましたしね」

「ふっ、旗本どもなど赤子も同然。痛めつけることなど雑作もないわ」

幕府の御米蔵が建ち並ぶ蔵前《くらまえ》界隈に店を構える札差の顧客は、諸国の天領から集められた蔵米《くらまい》を俸禄として受け取る旗本と御家人である。

札差の本来の稼ぎは二月と五月と十月の年に三回、蔵米を受け取って屋敷に届ける手間賃だが、旗本も御家人も代々の禄高が一定のため収入が支出に追い付かず、先々に受け取る蔵米を担保にして札差から借金し、当座を凌ぐことが習慣となっていた。

しかし他に収入源がなければ借金は増えるばかり。元金どころか利子を払うのさえままならず、どの札差も回収に難儀していたが、門屋は大人しそうで実は荒くれ揃いの手代たちと、新たに加わった源吾のおかげで取りっぱぐれがない。

あるじの新左も遊んでばかりはおらず、他の札差に新規の借金を断られた旗本や御家人に言葉巧みに近づいては顧客として取り込み、先々にまとめて回収することを目論《もくろ》んで、気前よく大金を貸し付けていた。

「門屋、おぬしは真に商売上手だな」

「お分かりになりますか、室井さん」

「商いは元より知らぬが駆け引きは得意だからな。火の車のようでいて先祖代々の家宝を抱えておる家を選んでの貸し付けならば、損はあるまい」

「はっはっ、何しろご直参のお宝は高く売れますからねぇ。刀に甲冑、屛風に掛け軸……娘を吉原《よしわら》に売らせるにしたって、お旗本の姫様は町娘と値段が段違いですしね」

「悪い奴だ、おぬしは」

「室井さん、そいつぁ私にとっては誉め言葉ですよ」

「さもあろう。そうでなければ俺も腕を振るう甲斐がないわ」

悪しき主従のやり取りに白《しら》けながらも、芸者衆は作り笑い。

門屋は蔵前の札差衆の中で、最も勢いのある店だ。

十八大通《じゅうはちだいつう》と呼ばれる大店《おおだな》のあるじたちと違って贅《ぜい》を競うことはせず、金を稼ぐことに腐心している。

それでいて、きれいどころを揃えて花見の宴を張り、通りすがりの人々にまで気前よく酒を振る舞うのは下々《しもじも》の連中にまで名を知られ、評判を得たいがゆえのこと。

新左は札差衆の中では新参者で、寄合でも末席に甘んじている。

単に名前を売るだけでは同業者の顰蹙《ひんしゆく》を買うだけだが、新左には抜かりがなかった。

老中首座の松平越中守定信は、蔵前の札差衆にとって煙たい存在。市中の豪商を御用商人として取り込みながら札差は一顧《いっこ》だにせず、将軍家の直臣である旗本と御家人を苦しめる元凶とさえ見なしている。

事実であっても、軽んじられては面白かろうはずがない。

この上に奢侈禁令まで発せられれば、十八大通の異名をとった面々は派手な身なりで贅を競うこともできなくなる。

将軍の叔父に等しい立場とはいえ、これ以上は好き勝手をさせてはなるまい。

ここで新左が定信を亡き者にすれば、札差衆は大助かり。末席どころか下にも置かぬ扱いとなるだろう。

「はっはっはっ、明日の瓦版が楽しみだねぇ」

杯の酒を舐めながら新左はにやつく。

源吾は斬り割った杯を元の形に並べつつ、退屈そうに欠伸《あくび》をしていた。

五

御座の間を後にして竜之介が訪ねた相手は、小納戸らしからぬ六尺豊かな長身で頑健な、それでいて朗《ほが》らかな雰囲気を持つ青年だった。

「十兵衛《じゅうべえ》」

「あっ、先輩！」

竜之介の呼びかけに応じる笑顔にも、邪気がない。

「まだ御役目中でしょう。どうしたんです？」

「火急の用向きだ。おぬしの手を借してくれ」

「先輩のお手伝いなら喜んでやらせてもらいますけど、頭取様には……」

「杉山様には俺から話を通しておいた。上様の御許しを頂戴したのでな」

「それはまた、ご大層な」

「子細をこれから話すゆえ、一緒に来てくれ」

「分かりました」

朗らかに答えると、足下でちょろちょろしていた柴《しば》の仔《こ》犬を抱え上げる。

「この仔を連れていっても構いませぬか」

「もちろんだ。犬は人と違うて、余計なお喋りをせぬからな」

「喋りはしませんが人の考えは伝わりますよ」

「はは、さすがは大奥の御女中たちの信頼も篤《あつ》き犬猫番だな」

「いや、それほどでも」

竜之介に白い歯を見せる青年の名前は、倉田《くらた》十兵衛という。

将軍家初の剣術指南役となった柳生但馬守宗矩の長男で父親を凌ぐ剣名を馳せ、三代将軍の家光《いえみつ》の小姓も務めた人物と同じ名前の青年は、かつて柳生一門で剣を学んだ竜之介の後輩である。

各自の特技を活かして御用を務める小納戸の一人として、十兵衛は大奥で多く飼われている愛玩動物の体調を管理する役目を任されていた。

大奥は男子禁制のため御伽坊主に中奥まで連れてきて貰い、飼い主の奥女中はもちろん奥医師も手に負えない、治療や躾《しつけ》を行うのだ。

幼い頃から動物好きの十兵衛は、武芸者として名を成すことを望んだ父親に大層な名前を付けられたものの人と争うことを好まず、剣術の稽古で相手を打つのもためらうぐらい、気が優しい。

強《し》いて入門させられた柳生家の道場では意地の悪い大身旗本の子弟たちにいじめられ、修行を続けさせるのは当人のためにならないと判じた宗家の俊則が適材適所で御奉公させよと父親を説得し、ようやく笑顔を取り戻したのを竜之介は喜ばしく思ったものだった。

十兵衛と二人きりになったところで竜之介が子細を打ち明けると、気のいい後輩は即座に協力を申し出た。

「先輩に庇ってもらったご恩、ついにお返しする日が来ましたか」

「左様に思うてくれておったのか……かたじけない」

「いえ、お礼は動かぬ証拠を見つけてからにしてください」

頭を下げようとしたのを押しとどめ、十兵衛は微笑んだ。

「まず状況を整理しましょう。先輩の仕業に非ざる以上、河豚毒の出どころは越中守様しかあり得ません。問題はどうやって仕込んだのか、です」

「言うての通り、碗に触れたのは越中守様と俺だけだ」

「で、越中守様はご自分の仕業ではないと？」

「うむ。上様に偽りを申し立てたとは思えぬ」

「だとすれば、ご当人も気づかずに碗に毒を塗り込めてしまった、と考えるべきではありませんか」

「気づかずに、か……」

「何か思い出したのですか、先輩」

「俺にお渡しくださる間際、越中守様は懐紙で碗を拭うておられた」

「懐紙ですか」

「元より神経の細かいお方なれば誰一人気に留めず、俺も余計なことは申さなんだが……あの懐紙、少々湿っていた」

「では、そこに毒が？」

「何者かがお命を狙い、秘かに染み込ませたのやもしれぬな。元より臭わぬ毒なれば越中守様もお気づきになられずに、碗を拭いたのだろう」

「先輩に見取られた程ですし、越中守様も懐紙が湿っていたのにはお気づきだったのではありませぬか？　そうだとしてもまさか毒とは思われなかったでしょうし、懐にしていて汗が染みただけならばと、そのままお使いになられたことと判じまする」

「倹約第一のお方だからな……だが剝き出しではなく、紙入れに収めてあったぞ」

竜之介は矢立《やたて》と懐紙を取り出した。

筆の先を舐め、矢立の墨壺に浸《ひた》す手つきは慣れたもの。

広げた懐紙にさらさらと描いて見せたのは、古風な仕立ての紙入れだった。

「これは年代物ですね。昔、父が似たようなものを持っていましたよ。私が三つ四つの頃でしたが犬の糞を拭くのに持ち出して汚してしまい、大層怒られたものですから幼心《おさなごころ》にも覚えています」

竜之介は二十四歳、十兵衛は一歳違いの二十三歳。

その十兵衛が三つ四つの頃ということは、十九年か二十年前。

今年で三十二歳の定信が、十二か十三の頃ということになる。

「そうだな、俺が主殿頭様に買うて頂いた紙入れも……。あれは紗綾《さあや》だったが越中守様のは似たような、手頃な生地を素人が縫うたものだ」

「その頃に流行った紙入れに似せて拵えた、お手製の品ですかね」

「越中守様はご兄弟が多いゆえ、元服前は衣食の好みもままならずに辛抱し通しだったらしい。上様をお諫め申し上ぐるのに、そんなことを言うておられたよ」

「さればその紙入れ、ご自分で縫われたのでしょうか」

「かもしれぬ。あるいは侍女か乳母……身近で我がままを聞いてくれそうなおなごに頼んだのかもな」

「ささやかな……可愛らしい我がままですね」

「いずれにせよ、あの紙入れが手証となるはずだ」

「時も残り少のうござれば、そこに的を絞りましょう」

十兵衛は膝元で遊んでいた仔犬を抱いて立ち上がる。

「何とするのだ、十兵衛」

「もちろん、紙入れを頂戴するのです」

続いて腰を上げた竜之介に、十兵衛は仔犬を示した。

「この仔は人懐っこいのですが、ちと悪い癖があるんですよ」

「癖？」

「誰彼構わずじゃれついて、懐中物を咥《くわ》えてきてしまうのです。上《うえ》つ方《かた》に無礼を働かれては困るゆえ、何とか躾けてくれと飼い主の御女中から頼まれておりまして」

「その癖、まだあるのか」

「はい。じっくりと治していくつもりでいましたのでね」

「俺にとっては幸いだな。ありがたい」

「何しろ越中守様のことです。紙入れを検分したいと願い出ても受け付けてはもらえぬでしょうし、ご無礼を承知で仕掛けましょう」

「かたじけない。恩に着るぞ！」

竜之介は十兵衛と仔犬に頭を下げた。

「お礼は後にしてくださいって、先輩」

照れながらも竜之介を励ます、十兵衛の笑顔は温かい。

その太い腕から身を乗り出し、じゃれついてくる仔犬の肌も温かかった。

六

風見家の庭を彩る一本桜は、弓香が生まれた年に植えられた。

弓香は竜之介より二つ上。今年で二十六になる。

桜の寿命は三十年といわれるが、風見家自慢の一本桜は花見の時季に付き物の強風に煽られながらも、いまだ衰える気配を見せない。持ち前の美しさと強さを妻となり、母となっても保っている、同い年の家付き娘さながらの凜とした姿を、今日も青空の下で示して止まずにいた。

「だぁ、ぶぅ」

あどけない声が縁側から聞こえてくる。

　西日の下、虎和がちっちゃな両手を伸ばす先で桜吹雪が舞っていた。

「この風では我が家の桜も今日限りかのう……」

「きゃは、きゃは」

　名残惜《なごり》しそうに呟く多門の腕の中、虎和は桜吹雪に興味津々《しんしん》。

「ほい」

　ひと際強い風が庭に吹いた瞬間、おもむろに多門が右手を伸ばす。

　まだ据わっていない赤ん坊の首を片手で器用に支えたまま、飛ばされた花びらを受け止める。大漁の投網《とあみ》のごとく、まとめて摑み取ったのだ。

「どうじゃな虎、わしの腕前は」

「だぁ！」

　目の前で拡げて見せると、虎和が歓喜の声を上げた。

　盛んに両手を伸ばし、こんもりした花びらを摑み取ろうとする。乳飲み子ならではのくびれが幾重にも連なった、むちむちの手首が可愛らしい。

　短い指がようやく届き、虎和はぎゅっと花びらを摑んだ。

「うきゃっ、うきゃっ」

「そうかそうか、嬉しいか。良かったのう」

多門は満面の笑顔で相槌を打つ。

意味を成さない喃語《なんご》でも喜怒哀楽は伝わってくる。相手が目の中に入れても痛くない初孫ならば尚のことだ。

嬉々とする赤ん坊に多門の目尻は下がりっぱなし。元より表情の豊かな顔が緩みに緩んで、失敗した福笑いさながらになっていた。

「何ですか、そのだらしのないお顔は。人様に見られたら笑い物ですぞ」

呆れた声で多門に注意をしたのは、廊下を渡ってきた弓香。

「ほっほっほっ、誰に見られたところでわしゃ構わんよ」

「あぶぅ」

意にも介さぬ多門の腕の中、虎和はご機嫌に母親を迎えた。

「こほん」

釣られて微笑みかけた顔を引き締め、縁側に膝を揃えた弓香は咳払い。

素知らぬ顔で孫を抱いている、多門に向けた視線は険しい。

「父上は当家の隠居、家中においては大殿と呼ばれるお立場なのですぞ。ご自重くださらなくては困りまする」

「うん、うん、それもそうだのう」

重ねて意見をしても多門は平気の平左。のみならず、微笑みまで浮かべている。

「何とされたのですか。にやにや笑うて」

「いやいや、そなたも女らしゅうなったと思うての」

「お戯れを申されますな。それよりもご自重を……」

「まぁまぁ、良いではないか。赤子が可愛いのは当たり前。まして虎はわしにとっては初孫だ。親馬鹿、いや爺《じじ》馬鹿で大いに結構じゃよ」

多門は目尻を下げたまま、とぼけた声でうそぶくばかり。

「全く、困った父上ですね」

恥じることなき孫煩悩ぶりに、弓香は苦笑いするより他にない。

弓香が第一子となる虎和を出産したのは、昨年の大晦日。

数え年は生まれた年に一歳と勘定され、誕生日ではなく年が明けた時点で齢を重ねる。生後三月ながら、もう二歳なのだ。

幼名を虎和としたのは多門である。父と子で竜虎としたのはいささか安直な発想ながら、名前負けをしない強い子に育てようという考えは弓香の希望とも一致していた。

桜吹雪はまだ止まない。

無心に眺めやる虎和は、生まれた時の倍近くまで育っていた。手足の動きが活発で、目と耳が機能し始めるのも早かった。

「ふふ、順調に育っておるわい」

坊主頭を愛おしげに撫でながら、多門は呟く。

孫を愛玩するばかりでなく次代の当主と見なし、日々の成長を見守りつつ接していればこその所見だった。

赤ん坊は家の宝である。

宝玉を磨くのと同様に、成長を促しながら育てなくてはならない。

そんな多門の考えを弓香も分かっているがゆえ、爺馬鹿ぶりに呆れながらも本気で引き離そうとはしない。

もちろん、子育てには男ができぬ役目もある。

「この子はきっと、強うなるぞ」

「左様に願いたいものでございまする」

多門に笑みを返し、弓香は手を伸ばした。

「乳か」

「はい」

抱き取ったのを縦抱きにして膝に載せ、弓香は胸元をくつろげる。

「もきゅ！」

漂い始めた母乳の臭いに虎和が甘えた声を上げた。

花びらをくっつけたままの手のひらで、豊かに張った乳房にしがみつく。

「んく、んく」

「ふふ」

元気一杯に乳を吸う我が子の姿に、弓香は微笑む。

かつて鬼姫と恐れられ、じゃじゃ馬扱いをされていたとは思えない、慈愛に満ちた笑顔だった。

武家の妻女は子供を産んでも授乳せず、育児も含め乳母に任せきりにするのが習いだが、弓香は自ら乳を与えることを望んだ。

竜之介と祝言を挙げて間もなく、懐妊したと分かった日のことである。

乳母を家中に迎える習慣は出産で疲弊した母体を労《いた》わるだけではなく乳兄弟を作ることに重きが置かれ、戦国乱世の武将は我が子と同じ乳を飲み、共に育った者は小姓として、成長した後は重臣として仕えさせても裏切らないと見なした。家中の優秀な若武者に守《も》り役を命じ、生涯に亘って側近を務めさせたのも同様の理由である。

しかし、今の日《ひ》の本《もと》は天下太平。

裏切りと下剋上が横行した時代の習慣を踏襲するよりも母親自ら、我が子を悔いなく育てたい。

弓香の固い意思を竜之介は尊重し、多門も異を唱えはしなかった。

出産後の状況によっては思いとどまらせる必要もあったが弓香のお産は安産で、乳の出も極めて良好。最初の一月《ひとつき》は眠る時間が殆ど取れず往生したものの、三月《みつき》目を迎えた今は慣れたものだった。

乳房から離れるのを見届けて、弓香は虎和を抱き上げた。

手ぬぐいを掛けた肩に寄りかからせ、軽く背中を撫でてやる。

「けぷっ」

可愛い音と共に、虎和は乳と一緒に飲み込んでいた空気を漏らした。

「虎はげっぷも可愛いのう。わしもさせてやりたいわ」

「それはさすがに構いすぎにございます。爺馬鹿も度が過ぎては、槍の多門の名が泣きまするぞ」

「案ずるには及ばんよ。左様に名乗る折など、もはやあるまい」

答える多門の口調は、いささか寂しげ。

隠居して白髪は増えたものの、まだまだ壮健な多門である。孫の成長を見守ることに余生の意義を見出したとはいえ、現役の頃を思えば物足りぬのだろう。

多門が勤め上げ、竜之介に家督と共に継がせた小納戸、そして小姓は将軍の世話係であると同時に、警護役を兼ねている。

丸腰なのは拝謁する大名や旗本も同じだが、その気になれば短刀など懐に忍ばせて持ち込み、殿中で刃傷《にんじょう》に及ぶのも可能だった。

そこで将軍を守るのが、御刀持ちの小姓の役目。

将軍に従うのは城中だけではない。江戸城の紅葉山《もみじやま》にある歴代将軍の霊廟を参詣する際、正装の束帯《そくたい》を纏った将軍は高家《こうけ》の大名を御太刀持ち、小姓を御刀持ちとして同行させる。現職の将軍ばかりか祖先の霊まで貶《おとし》める曲者《くせもの》が現れれば儀礼の備えは本来の武具となり、二人がかりで成敗するのだ。

いまだ江戸城では将軍が命を狙われたことこそないものの、幕閣のお歴々が凶刃に倒れている。

大老と老中、若年寄の詰める御用部屋が将軍の御座所から離される契機となった、若年寄の稲葉正休《いなばまさやす》による大老の堀田正俊《ほったまさとし》の刺殺。

幕府の一方的な裁定が四十七士の仇討ちを招いた、松の廊下での浅野内匠頭《あさのたくみのかみ》による吉良上野介《きらこうずけのすけ》の刃傷。

竜之介の従兄弟に当たる田沼意次の嫡男で若年寄だった意知《おきとも》が旗本の佐野政言《さのまさこと》に斬り付けられて死に至ったのは、ほんの五年前の話である。切腹の沙汰が下った政言は江戸市中で世直し大明神と絶賛され、凶行に用いられた大《おお》脇差の作者である一竿子忠《いっかんしただ》綱《つな》の作は値が高騰し入手困難となる程の人気を集めた。

「あの時わしは非番だったじゃろう。殿中におったのならばと、悔やんでも悔やみきれなんだものよ」

「父上……」

「あのようなことは二度と起きてはならん。起こさせてはいかんのじゃ」

「我が殿、竜之介ならば為し得ましょう」

「そうじゃな」

弓香の言葉に多門は微笑んだ。

竜之介には攻めではなく、守るために戦って貰いたい。

多門が竜之介を風見家の婿に迎えた一番の理由である。

竜之介はあの当時、いつ悪の道に堕ちてもおかしくない有様だった。

田沼家を痛めつけた者全てを恨み、政言を持ち上げて意知を貶めた庶民を憎み、旗本を軽んじる無頼の徒に怒りを覚え、返り討ちにすべく辻斬り紛いの行動に走ろうとしていた。

それは直参狩りが真に武士より強いのならば斬られても構わない、恨みと憎しみと怒りに日々苛《さいな》まれ、呪詛《じゅそ》を吐き続ける毎日を終わりにしたいという自暴自棄な行為でもあった。

あのまま放っておけば無頼の徒を返り討ちにし続け、剣術と共に会得した柔術の荒技で痛めつけるだけでは物足りず、斬り殺すことを始めただろう。

人斬りを知り、歯止めが利かなくなった末に火付盗賊改《ひつけとうぞくあらため》に御用にされるか斬り捨てられていたかもしれない。

そうなれば去る天明七年九月に火盗改となり、早くも腕利きと評判となりつつある長谷川平蔵宣以《はせがわへいぞうのぶため》と配下の御先手弓組《おさきてゆみぐみ》も無傷では済まず、少なからぬ犠牲が出たことだろうが、旗本同士で殺し合うなど無益な限り。

竜之介は愚行に及ぶために技を磨いた訳ではないはずだ。

竜之介にしか担えぬ役目と、将軍家に忠義を尽くす道は、きっとある。

「殿様……貴方……竜之介さん……」

呟く弓香の声は切ない。

多門は黙って桜吹雪を眺めている。

虎和はその腕に抱かれたまま、いつしか眠りに落ちていた。

「昼寝の時間のようじゃ」

「はい、父上」

多門に促されて弓香は立ち上がる。

愛する夫が今日も無事に御用を勤めることを、胸中で切に願っていた。

七

竜之介と十兵衛の密談中に定信は御政務を終え、老中の御用部屋に戻っていた。

家斉から指定された刻限が迫る中、ついに仕掛ける好機が訪れた。

「きゃん、きゃん」

無邪気な鳴き声と共に駆け寄りざま、仔犬は定信の足に跳びついた。

厠に入って小用を済ませ、出てきた瞬間のことだった。

とっさに叩き落とそうとした定信の手が止まる。

強面の老中首座といえども、幼きものに危害など加えられなかった。

そのまま仔犬は胸元まで這い上がり、懐中の紙入れを咥え取った。

定信は無言で手を伸ばし、仔犬を引き離す。

咥えたままの紙入れを強いて取り返そうとはしなかった。

「倉田、近くにおるのであろう？」

「申し訳ありませぬ、越中守様！」

身を潜めていた十兵衛が駆け寄っていく。

定信が厠から出てくるのを見計らい、仔犬をけしかけたことをおくびにも漏らさぬ恐縮しきった素振《そぶ》り。居合わせた誰の目にも、人を騙す芝居とは見えなかった。

「例によって御女中からの預かりものか。手癖、いや口癖の悪い犬だの」

「ご勘弁くださいませ。不覚にも目を離してしもうた隙に、とんだご無礼をつかまつりました」

「畜生のしたことだ。見逃してつかわすゆえ、二度とさせるでないぞ」

十兵衛を叱りながらも、仔犬を抱いた手つきは優しい。

「ははっ」

平伏した後、十兵衛はおずおずと申し出た。

「つきましては越中守様、そのお紙入れをしばし拝借願えませぬか？」

「何と申す。これは乳母に縫うて貰うた大事な品ぞ」

「左様に大事なお品でございましたか。重ねてお詫び申し上げまする」

恐縮しきりと装って頭を下げながらも、十兵衛は食い下がった。

「こやつの口癖は盗んだものを目の前にして叱らなければ治りませぬ。二度とさせぬためにも、何卒お力添えを願い上げまする」

「……致し方あるまい。粗末に扱うでないぞ」

「ははーっ。かたじけのうございまする」

十兵衛は紙入れを押し頂いた。

定信が御用部屋に戻っていく。

「先輩っ」

「かたじけない」

駆けてきた十兵衛から紙入れを受け取り、竜之介は踵《きびす》を返す。

「くーん」

宝物を持っていかれた仔犬が残念そうに鳴く。

この礼は、改めてしなくてはなるまい。

八

縁側にいた時よりも、陽は西の空に傾いていた。

「よう寝る子じゃ。感心、感心」

「夜の眠りが浅うなりますゆえ、手放しには喜べませぬ」

微笑む多門の傍らで、弓香は苦笑い。

「それにしても相変わらず、婿殿は締まり屋らしいの。増えておるのは虎とそなたのものばかりではないか」

部屋を見回して多門が呟いた。

我が娘が浪費をしていると責めたわけではない。

夫婦の部屋でありながら、竜之介の私物が余りにも少ないのだ。

風見家に竜之介が持参したのは身の回りの品をまとめた風呂敷包みと、茶道具一式を収めた頭陀袋のみ。

結納の品々や婚礼用の衣装は兄の田沼清志郎《せいしろう》が調えてくれたが、身の回りのものは婿入りした後も買い足そうとせず、見かねた弓香が購入を勧めても首を横に振るばかりであった。

「清志郎殿が恥を忍んで明かしてくれた話によるとわしらと知り合う少し前、主殿頭様から授かった武具も書物も余さず金子《きんす》に換え、兄弟二人してお屋敷に届けなすったそうじゃが……無役となりし身でそこまでせずとも、のう」

多門の呟きに弓香は無言で頷いた。

竜之介と清志郎の亡き父は、主殿頭こと田沼意次の末の弟。

意次の父親で多門が小納戸を務めていた当時の上役でもある意行が晩年に手を付けた女中が懐妊し、意行の妻の辰《たつ》に遠慮して田沼家を出た後、秘かに生んで育てようとした子だった。

両親の没後に末弟の存在を知った意次は田沼家に引き取り、他の弟たちと分け隔てなく養育した上で奥右筆に取り立てた。

奥右筆は将軍の意向を清書する役目を担うと同時に、諸大名が幕府に提出する書状を検閲し、老中を始めとする幕閣のお歴々が将軍に献策した内容の裏付け調査を行う役職だ。

その役高は小納戸より百石少ない二百石で、奥右筆筆頭になっても四百石に加えて役料が二百俵どまりだが機密文書を扱う責任は重大であり、七光りだけでは務まらない。期待に応えて優秀に育った末弟を意次が認め、頼りにしたがゆえの人事だった。

その末弟が罷免されて間もなく病死し、精勤する夫に尽くした妻女も後を追うかのごとく過労で果てた。

亡き父の後を継いだ清志郎は、いまだ無役のままである。

「もしも主殿頭様がご健在ならば、清志郎殿は元より婿殿もさぞかし出世をしたであろうよ。さすればわしらと知り合わず、虎を授かることもなかった訳だがのう」

竜之介は兄夫婦の屋敷で部屋住みとして世話になりながら怠けることなく、文武の修行に勤しむ毎日を送っていたという。

自暴自棄となったのは、頑張りの源だった伯父が失脚したがゆえのこと。

立ち直ってくれたのは幸いだった。

弓香にとって竜之介は、虎和に劣らず可愛く、愛おしい。

下城したら思い切り甘えさせてあげたい。

暮れなずむ空の下、そう思わずにはいられなかった。

九

家斉の稽古場にも武者窓越しに、濃さを増した西日が射していた。

「そのほうのものだな、越中」

家斉は紙入れを定信に突き付けた。

「河豚毒は懐紙に染ませてあったぞ」

「ま、真にござるか?」

「初雛には重ねて不慣なれど試させて貰うた。この通りだ」

愕然とする定信の目の前に、忠成が金魚鉢を持ってくる。

「……御雑作をおかけ申した」

忠成が捧げ持つ鉢の中を一瞥し、定信は呟く。信じ難い面持ちながら異を唱えようとはしなかった。

「そのほうと同様に碗を拭き、注いだ茶で風見が試した。余の碗に注ぎし湯と交じって薄められたがゆえ、そのほうの碗に塗り込められた毒が弱まり、人が死するには至らぬ量となったわけだが、直に取り込まば無事では済まなんだであろうよ。察するに曲者はそのほうが余から茶を勧められる機を狙うたのではなく、鼻をかむなり口を拭くなりして身の内に毒が入ることを期したのであろう。そやつはそのほうの身辺に潜んでおるのだ、越中」

謎解きをしながらも家斉の表情は複雑だった。

定信は将軍として未熟な家斉を支えるための存在。

鬱陶しいのは事実だが、死なせたいとまでは思わない。

「……不始末の段、重々お詫び申し上げまする」

定信は家斉に向かって平伏した。

「これ越中、余より先に詫びる相手がおるだろうが」

「……御意」

家斉の言葉を受け、定信は向き直る。

「風見、許せ」

「恐れ入りまする、越中守様」

謝罪を受けた竜之介も、謹んで座礼を返す。

「されば稽古と参ろうか！」

家斉が陽気に声を張り上げた。

「上様」

定信が申し出た。

「何だ越中、今日ぐらいは大目に見よ」

「いえ。夕餉の御時間までに終えてくだされば、大事はござらぬ」

奥勤めの立場でもある定信が許せば、確かに支障はないだろう。

「されば何だ」

怪訝そうに問う家斉に、定信は意外な答えを返した。

「身共もご一緒させて頂いて宜しゅうござるか」

「ほう、珍しいな」

「我が家中に伝わりし新陰流、恐れながら将軍家御流儀にも引けは取りませぬぞ」

「ふっ。大きく出たな」

家斉が微笑んだ。

平家蟹を思わせる定信の顔も、少しほころんで見える。

暮れなずむ空から射す、陽の光のせいなのか。

そうだとしても喜ばしいことだと、竜之介には思えた。

「されば始めるか、支度せい」

「ははっ！」

家斉の号令に小姓たちが答える。竜之介と忠成に加えて俊作らも、潑溂と声を揃えていた。

十

程なく稽古は始まった。

いつもであれば家斉が当番の小姓を全員相手取るが、今は定信もいる。

「越中、半分はそのほうが受け持て」

「御意」

稽古着に装いを改めた定信が頷く。

「風見、相手をしてやれ」

「ははっ」

家斉の命《めい》を受け、竜之介は定信の前に並んだ小姓たちの列に加わる。

ひきはだ竹刀を澱みなく振るう定信の剣技の冴え、そして格下とはいえ複数の者を相手取る体力は、若い家斉にも引けを取らぬものだった。

竜之介の番が来た。
「参ります」
「来い」
気合いをこめた声を浴びせざま、定信が打ちかかる。
竜之介はひきはだ竹刀を振りかぶった。
新陰流では真っ向打ちを雷刀《らいとう》という。
正面切って勝負したい。
向き合った時から、そう心に決めていた。
たちまち二人の間合いが詰まる。
定信は竜之介に迫りながら、ひきはだ竹刀を頭上に取った。
同じ一手で挑んできたのだ。
竜之介の全身に気迫が漲《みなぎ》る。ひきはだ竹刀が風を切る。
振り下ろされたのは同時であった。
びしっ……
二人は頭を同時に打たれた。
「相打ちか」

見守っていた家斉が満足そうに呟いた。
「お見事にございまする」
「そのほうもな」
打物を納めた二人は礼を交わす。
竜之介は満ち足りた心持ちだった。
この場の一同が手にするひきはだ竹刀は、人を殺す得物ではない。
開祖の上泉伊勢守信綱が、そう決めたのだ。
斬らぬ代わりに打つことを繰り返し、技を鍛え、胆《たん》を錬《ね》る。
それはいつか訪れる、真剣勝負の時のため。
武士は主君に仕えて糧《かて》を得る身。
主命を奉じて生きる以上、いつか斬ることは必要になるだろう。
その時は臆さず敵に立ち向かい、命を賭《と》して倒さねばなるまい。
だが、今は学ぶ時。
真剣勝負に備えながらも相手を敬い、貴ぶことを忘れてはいけない。
「参れ」
定信が次の相手に呼びかけている。

「は、はいい」

へっぴり腰の俊作と交代しつつ、竜之介は心から微笑んでいた。

「なぜ許せる……何故に機を得ながら怨敵を討たぬのだ、田沼竜之介……」

物陰から盗み見ていた咲夜が、口惜しげに呟いた。

咲夜は大奥のみならず、定信の屋敷にも源氏読みとして出入りを許されている。

信用に乗じて定信の私室に忍び込み、紙入れの懐紙に毒を仕込むのは容易かった。

竜之介の仕業と見なされるのは計算外であり、自ら毒を摂取させる手筈だった。

だが願わくば、同じ痛みを知る者の手にかかってほしかった。

風見、いや、田沼竜之介は非業の最期を遂げた伯父と従兄弟の無念を知っている。

定信に締め上げられたのを幸いに返り討ちにしてのけたのなら、さぞ意次も意知も満足してくれたことだろう。

しかし竜之介は抵抗をせず、稽古場でも人が死なない打物を交えただけ。

松平越中守定信は竜之介にとって、憎んでも余りある敵のはずだ。

それなのに、なぜ意趣返しをしないのか。

風見家の婿となり、妻を得て子を持ったことにより、尽きぬはずの無念を忘れてしまったのか？

咲夜には分からない。

ともあれ長居は危険であった。

見咎められては元も子もない。

悔しげに歯嚙みしながら咲夜は去っていく。

かくなる上は定信から得た信頼を利用し続け、自力で本懐を遂げるのみ。

心ならずも手を組んだ門屋新左の薄汚い目的に沿うためではなく、在りし日の意次から受けた大恩と意知の寵愛に報いるために事をなす。そう心に決めていた。

第三章　復讐者の挑戦

一

家斉が御鈴廊下を渡り行く。
大奥にて御台所の茂姫と夕餉を共にするのである。
供の御刀持ちは竜之介。
先を行く家斉の後に続き、しずしずと歩みを進めている。
定信は既に下城済み。他の小姓は頭取の頼母と共に中奥で待機中。そして竜之介は
忠成から御刀持ちの役目を引き継ぎ、家斉に従っていた。
御鈴廊下の途中には、将軍の調度品や衣類を保管する御納戸がある。
もちろん管理をするのは小納戸で、一名が奥の番として詰める。

奥の番の役目は御納戸の見張りだけではない。将軍が御鈴廊下を渡り来たのを見届け次第、設置された御鈴を鳴らして御成りを知らせるのだ。

天井から吊られた御鈴は七つ。直径は二寸、約六センチと大きめ。

鳴り響く音の中、悠然と歩みを進める家斉は袴を略した絹の着流し姿。

夕餉の時間ぎりぎりまで稽古を続け、入浴は急ぎで済ませた。常のごとく浴衣を何着も取り換えて汗を吸わせていては間に合わぬため、

『苦しゅうない』

の一言を受け、小姓たちが手ぬぐいで一気に体を拭いてのことだった。

花冷えの厳しい夜間でも足袋は履かない。二月一杯は用いた足袋も、武家の習いで九月十日までは御預けである。

御鈴廊下の角を曲がると黒い縁が付いた、大きな杉戸が見えてきた。

大奥の出入口、御錠口だ。

中奥側から締める銀の差錠《さじょう》は、夜間以外は外してある。戸が左右に開いた敷居の向こうでは、二人の奥女中が三つ指をついて待っていた。

年嵩が大奥側の番をする、役職名も同じ御錠口番。若いのが補佐役の助《すけ》である。

「大儀」

家斉は奥女中たちをねぎらうと、足取りも軽く敷居を越えた。

竜之介は手前で立ち止まり、御刀を捧げ持ったまま膝をつく。助を通じて御錠口に預けた後は中奥に戻り、朝になるのを待って家斉を迎えに来るのである。

竜之介が無言で差し出す御刀を、助は黙って受け取った。手が触れたわけでもないのに顔が赤い。

背後で見守る御錠口まで、同様の反応を示していた。

将軍の御用を大奥に取り次ぐ役目も仰せつかる御錠口は口が堅く、信頼の置ける者でなければ務まらない。その選りすぐりの堅物が、既に何度も家斉が御刀持ちとして連れてきている竜之介を一目見ただけで頰を火照《ほて》らせているのである。

直《じか》に竜之介とやり取りをした助にしても、何かされたわけではない。大奥勤めの心得に従い、互いの手が触れるどころか目すら合わせることなく、ただ刀を受け取っただけだった。

役目を終えた竜之介は、敷居際に膝を揃えて平伏している。御錠口の杉戸が閉じられて家斉の姿が見えなくなるまで、同じ姿勢を保つのだ。

御錠口に背を向けた家斉の足の運びは変わらず軽い。

杉戸が静かに閉じられ、平伏した竜之介の姿が見えなくなった。

家斉の後に従う二人の奥女中の顔は、まだ微かに上気している。

新たにお気に入りの小姓となった竜之介が持つ不思議な魅力は、大奥の女たちにも通じていたらしい。

そのことに初めて気づいて誇らしく思う反面、少し面白くない家斉であった。

二

御錠口を抜けてすぐの所にある将軍の寝室は、御小座敷という。

中奥の一室と名前が同じ、上下の段に分かれた造りの座敷で家斉を待っていたのは、御召姿《おめし》も初々《ういうい》しい御台所の茂姫。先月に婚礼を挙げたばかりの家斉の新妻である。

「上《かみ》、美味にごじゃりまするな」

「まことだのう、御台」

給仕の奥女中たちにかしずかれて食する夕餉の膳は、精進日ではないので生臭《なまぐさ》つき。

雛祭りに付き物の蛤《はまぐり》の吸い物も添えられていた。

食事を終えると奥女中たちは退出し、夫婦水入らずの時間となる。

「ふー、かしこまった物言いは疲れます」

「はは、大儀であったな」

上段に床《とこ》が延べられた座敷で屈託なく、茂姫と家斉は笑い合う。

この若い夫婦は同い年にして、幼なじみの間柄でもある。

将軍の正室は宮家から選ばれるのが習わしだが、薩摩《さつま》生まれの茂姫の実家は外様大名の島津《しまづ》七十七万石。父は島津家八代当主の重豪《しげひで》。母は側室の一人だったお登勢《とせ》の方。茂姫の元の名前は篤《あつ》姫という。

家斉とはまだ幼名の豊千代《とよちよ》と名乗っていた三歳の時に婚約し、江戸へ下り茂姫と改名。右大臣の近衛経熙《このえつねひろ》の養女となり、江戸城の曲輪《くるわ》内の一橋屋敷で養育された。幼い二人が席を同じくすることは武家の習いで滅多になかったが家斉はしばしば遊びに忍んで来ては、慣れぬ環境に不安が尽きない茂姫を笑わせてやったものだ。

守《も》り役や腰元の手を散々焼かせてきたいたずらっ子も大きく育ち、いまや徳川宗家の十一代にして武家の棟梁、征夷大将軍。

その正妻となった茂姫の大奥での最初の仕事は、二月の彼岸で奥女中全員に配られる団子を自ら丸めることだった。

「桜は今が盛りだが、余は花より団子の口だなぁ」

「お団子ですか……私《わたくし》はしばらく見とうありませぬ」

家斉の呟きに、茂姫は可憐な顔をしかめて苦笑い。

この夫婦、真に仲が良い。

しかし祝着至極の裏では、茂姫との婚約が破棄される可能性もあった。

そもそも茂姫は御台所となるために江戸に下ったわけではなく、婚約相手の家斉も一橋徳川家の次期当主としか見なされていなかった。

同じ御三卿の田安・清水の両徳川家と共に将軍家から十万石を与えられている一橋徳川家だが、尾張・紀伊・水戸の御三家より格下である。次期将軍の候補に上がる可能性が低かったため宮家でも公家でもない一大名、しかも関ヶ原の戦いで徳川勢と敵対し、外様大名の中で最も手強い島津家との縁組が問題視されることもなかった。

ところが十代将軍の家治の嫡男の家基が急死し、田安徳川家の定信も久松松平家との養子縁組が決まり、豊千代改め家斉が次期将軍に決定したために周囲から婚約の破棄が望まれた。

しかし何としても将軍家と縁付きたい重豪は強引に押し切り、外様大名の姫君が将軍家に嫁ぐという異例の縁組が実現するに至ったのだ。

大人の思惑に振り回されて育った少年と少女も、早いもので十七歳。

家斉に至っては、もうすぐ一児の父になる。

覇気と共に精気も横溢《おういつ》して止まず、今年に入って二人目の側室となるお楽《らく》の方に手を付けた家斉も、正妻の茂姫を蔑《ないがし》ろにはしていない。子作りに励むのは結構なれど側室を寵愛し過ぎて大奥の和を乱してはならぬと、実の父の治済から因果を含められているからだ。

生来わがままな家斉も、手強い競争相手を退けて将軍の座に着けてくれた治済には逆らえぬし、茂姫には幼なじみゆえの情もある。

「お茂、今日は妙に静かなようだが」

「中臈たちが源氏物語の講義を受けておるからでございましょう」

「越中が大奥出入りを差し許した、あの源氏読みだな」

家斉は不快げに呟いた。

「あのおなご、余は気に入らぬ」

「咲夜が、ですか」

「確か左様な名乗りだったな……あやつ、腹に一物《いちもつ》持っておるぞ」

「まぁ、恐ろしい」

「そなたは講義を受けぬのか？」

「私も苦手でございます」

言葉少なに答える茂姫も、不快そうな面持ちだった。

「はは、気が合うな」

家斉は安心したように微笑む。

夫婦共に、咲夜と深く接しているわけではない。

にもかかわらず二人して警戒心を抱くのは、さすが征夷大将軍とその正妻と言うべきだろう。

だが、奥女中たちはそこまで鋭く勘が働かない。

恐るべき目的を果たすために大奥に出入りをしているとは知らぬまま、今日も嬉々として咲夜の許に集まっていた。

三

咲夜は竜之介らに気づかれる前に稽古場を離れ、大奥に戻っていた。

定信の暗殺に失敗した無念を押し殺し、頭巾と袈裟に装いを改めて臨んだ本日最後の講義の生徒は奥女中でも格の高い、側室候補の御中臈たち。お題は光源氏《ひかるげんじ》の若き日の悲恋と怪異の体験、そして新たな出会いが綴られた、夕顔の帖《じょう》であった。

大奥の雛祭りは三月一日から四日まで催され、御台所の御座の間と御休息の間に組まれた雛段に、色とりどりの衣装を纏った人形たちが飾られる。

そんな最中も咲夜の講義は盛況だった。

いつもより開始が遅くなったにもかかわらず、奥女中が暮らす長局向《ながつぼねむき》の空き座敷を利用した教室には将軍付きと御台所付き、合わせて十名を越える御中臈のほぼ全員が顔を揃えている。予習として各々筆を執り、作成した夕顔の帖の写本を持参してのことである。

ずらりと並んだ生徒たちを前にして、咲夜は静かに息を調えた。

頭巾の垂れ衣越しに、一同に向かって微笑みかける。

「大変お待たせを致しました……されば本日も皆様を平安の御世《みよ》にご案内つかまつりましょう」

恒例にしている挨拶に続いて、源氏語りが始まった。

「六条わたりの御忍びありきのころ、内裏《うち》よりまかでたまう中宿《なか》りに、大弐《だいに》の乳母《めのと》のいたくわずらいいて尼になりにける、とぶらわんとて、五条なる家たずねておわしたり。

「……」

　夕顔の帖の出だしを語る咲夜の声は朗々としている。生徒である御中臈たちの母親と同世代、あるいは年上と思えない、少年のごとく澄んだ声音だった。

　源氏物語の主人公、光源氏はこの時十七歳。

　父の桐壺《きりつぼ》の帝が新たな后として入内《じゅだい》させた、亡き母の面影を持つ藤壺《ふじつぼ》の宮に禁断の想いを募らせる一方、政略結婚で正妻とした葵《あおい》の上《うえ》に愛情を抱けぬ日々の中、年上の友人たちが語る恋愛観『雨夜《あまよ》の品定め』に触発されて口説いた人妻の空蟬《うつせみ》に背を向けられ、間の欠落した帖において出会いが描かれたと思われる東宮の未亡人、六条御息所《ろくじょうのみやすどころ》との関係に悩んでいた頃である。

「……この家のかたわらに、檜垣《ひがき》というもの新しゅうして、上《かみ》は半蔀《はじとみ》四五間ばかり上げわたして、簾《すだれ》などもいと白う涼しげなるに……」

　病気見舞いに訪れた乳母の家の近所で源氏が目にした、侘びしくも風雅な夕顔の住まいの情景である。

　語る咲夜は何も手にしていなかった。

　要点を記した帳面の類すら持っていない。

　写本が現存する源氏五十四帖の内容が全て頭に入っているばかりか、日常会話から消えた古語を含む本文を諳《そら》んじることができるのだ。

　咲夜の才は、その優れた記憶力だけではなかった。

「……切懸《きりかけ》だつものに、いと青やかなるかずらの心地よげにはいかかれるに、白き花ぞ、おのれひとり笑みの眉開けたる。「遠方人《おちかたびと》に物申す。」と、ひとりごちたまうを……「くちおしの花の契りや。一房折りて参れ。」とのたまえば……」

　作中で源氏が発した言葉が語られるや、御中臈たちが一斉に吐息を漏らす。

「ああ、素敵……」

「光《ひかる》の君様ぁ……」

　咲夜の朗々と澄んだ声は武骨者とも軟弱者とも違う、理想の貴公子が目の前に現れたかのような錯覚を起こさせる。耳触りの良い声の響きに御中臈たちは魅了され、頰を赤らめずにはいられない。

　熱い視線を受けながら、咲夜は滔々《とうとう》と語り続ける。

　その語り、一本調子ではない。

　夕顔が源氏に初めて送った歌である、

「心あてに　それかとぞ見る　白露の　光そえたる　夕顔の花」

を詠む際には声も可憐さを強調し、評判の貴公子を初めて垣間見て夕顔が抱いたであろう無垢《むく》な憧憬をこめながら、我が身を夕顔に重ねる生徒一同の期待も裏切らず、家斉の御手が付くことを切に願う御中臈たちと同様、夕顔は源氏の甲斐性、経済力にも期待を寄せていた感を交える。

そして源氏が夕顔に素性を明かした返歌である、

「寄りてこそ　それかとも見め　たそがれに　ほのぼの見つる　花の夕顔」

には侘びしい暮らしにそぐわぬ教養と品の良さに興味が募る一方、葵の上の兄にして源氏の親友でもある頭中将《とうのちゅうじょう》が語った、子まで授かりながら正妻に仲を引き裂かれた身分違いの女とは夕顔ではないかと気づき、それでも惹かれていく若い熱情が、繊細ながら力強い声によって表現される。

大奥お出入りの女狂言師も顔負けの演技力だった。

夕顔と源氏のそれぞれになりきった語りに加えて、咲夜は表情の切り替えも巧み。髪を落とし、僧形《そうぎょう》という性別の差を超越した姿となったことで男女の切り替えも一層映える。

こうして御中臈たちの耳目《じもく》を惹き付けながらも、咲夜は脇の登場人物の描写を適当に済ませはしない。

源氏に仕える乳兄弟の惟光《これみつ》が新しい恋に夢中なあるじに従いつつ、本来の目的だっ

た乳母の病状を気遣うことも忘れないでほしいと不満を漏らす、

「この五六日《いつかむゆか》ここにはべれど、病者《ぼうざ》のことを思うたまえあつかいはべるほどに隣のことはえ聞きはべらず。」

というくだりでは武骨ながら母親想いな青年の心情を表現し、源氏が夕顔の許に通い始め、夜明け近くに目が覚めたところに隣家の行商人が無遠慮に呼びかける、

「あわれ、いと寒しや。今年こそなりわいにも頼むところすくなく、田舎の通いも思いかけねば、いと心細けれ。北殿《きたどの》こそ、聞きたまうや。」

は下品な感じに語りながらも、家族を養うために早起きを日常とする中年男の悲哀を滲ませ、貴族の優雅な暮らしとは真逆の、平安京の民の姿を寸描しておくことを忘れない。

かくして源氏は六条御息所の豪邸から遠ざかり、市井で暮らす夕顔と逢瀬を重ねる日々の中、

「優婆塞《うばそく》が　行なう道を　しるべにて　来《こ》ん世も深き　契りたがうな」

と永遠の愛を誓い、顔を隠していた覆面も取り去って、五条の鄙《ひな》びた家は二人の愛の巣となっていく。咲夜の語りも自ずと熱の入る箇所だった。

しかし、幸せはいつまでも続かない。

天皇家の別荘の一つである某《なにがし》の院に逗留《とうりゅう》した源氏はさぞ御息所が恨んでいるだろうと案じながらも、同行させた夕顔の無邪気な様《さま》を前にして、

「あまり心深く、見る人も苦しき御ありさまを、すこし取り捨てばや」

と、つい心の中で比べてしまう。

その日の宵を過ぎた頃、怪異が起きる。

源氏の枕元に忽然と現れたのは、

「おのがいとめでたしと見奉《たてまつ》るをば、尋ね思ほさで、かくことなることなき人を、いておわして時めかしたまうこそ、いとめざましくつらけれ。」

と恨めしげに告げてくる、この世の者ならざる美女だった。

「ひっ！」

「きゃあ」

御息所の生霊とも解釈される、魔物の恨み言を語る咲夜は無表情。

御中臈たちが思わず悲鳴を上げても打ち合わず、これまでの多彩な演じ分けから一転して、自ら明かりを手に取った源氏が再び魔物を目撃する、

「ただこの枕上《まくらがみ》に、夢に見えつるかたちしたる女、面影に見えて、ふと消え失せぬ。」

のくだりに続き、既に絶命していた夕顔の、

「ただ冷えに冷え入《い》りて、息は疾《と》く絶えはてにけり。」

という描写を語る際にも能面のごとく、眉一つ動かさない。

過剰な演技よりも、遥かにぞっとさせられる。

御中臈たちは声もなかった。

講義に出席した一同は予習として、全員が夕顔の帖を通読済み。話の結末が分かっていながら、感情のない語りの迫力に怯えるばかりだった。

教室に漂う空気は重苦しい。

めでたい雛祭りの初日が暮れ行く中、咲夜の語りは粛々と続いた。

「……いといたく、えもとどめず泣きたまう。」

深い契りを結んだ恋人を失い、悲嘆にくれる源氏の描写を以て、夕顔の帖の語りは幕を閉じた。


「ふふ、湯上りのそなたは格別だな……」

「まぁ、また御上手になられて……」

今宵も仲睦まじく過ごす家斉と茂姫には、どうでもよい一幕であった。

四

江戸の町は日没と同時に静寂に包まれる。

表通りに店を構える商家は日没と同時に表戸を下ろし、人通りがまばらになった後が稼ぎ時なのは、仕事を終えた商家の人々が利用する湯屋と煮売り酒屋、蕎麦や茶飯の担ぎ売りに流しの按摩《あんま》といったところ。

裏通りの長屋で暮らす一家は仕事が終わるのも早いため、いち早く湯屋へ走るか土間に据えた盥《たらい》で行水《ぎょうずい》をして汗を流し、行燈の油が減るのを惜しんで日が暮れる前に夕餉を済ませ、暗くなると同時に寝てしまう。早寝早起きは米不足で不景気になる前からの生活の知恵であり、良き習慣だった。

静寂に包まれた夜の表通りを咲夜が歩いている。

右手に提灯を持ち、左の手には風呂敷包み。

家路を辿る足の運びは重かった。

源氏物語の講義を終えて下城したのは宵五つ。午後八時。

大奥出入りの通用門である平川門《ひらかわ》から下城し、御堀沿いに少し歩いた先の呉服橋門《ごふくばし》を潜った咲夜は、日本橋まで来たところ。五街道の起点にして橋の北詰めに魚河岸と越後屋《えちごや》を擁する江戸一番の商いの地も、日が暮れた今は静寂に包まれていた。

きらびやかな袈裟を脱いだ咲夜はお伽坊主の装いに戻り、垂れ衣の付いた頭巾に替えて、朱塗りの笠で坊主頭を隠している。

将軍家のお膝元である江戸市中は、夜間の警戒にも抜かりがない。

辻番所が設置された武家地はもちろん、町人地でも火の見櫓と一対にして設けられた自身番所に町の若い衆が交代で詰め、通りの様子に目を光らせている。各町の境の木戸は夜四つ、午後十時に閉じられて明け六つ、午前六時まで通行が制限され、不審な者は木戸番に足止めをされるか追い帰され、先には進めぬ仕組みとなっていた。

日本橋は最寄りの呉服橋門の前に北町奉行所、鍛治橋門《かじばし》を挟んだ先の数寄屋橋門《すきやばし》の前には南町奉行所があり、辻斬りや追いはぎはもちろん市中に溢れ返る無宿人も近寄れず、女一人で家路を辿るのにも危険はなかった。

それでいて咲夜が笠の下で浮かぬ顔をしているのは、下城前の不毛なやり取りを思い出したがゆえのこと。

いつも夕方に講義を受ける御中臈たちは下城する咲夜を引き止め、夜道の一人歩きは御伽坊主の形《なり》でも危ない、各自が所有している駕籠を出させるので家まで送らせてほしいと勧めてくる。今宵に限らず毎度のことだ。

『ご遠慮は無用でございますよ先生、私の乗物をお使いくださいましな』

『いえいえ先生、どうか私めにお申しつけを！』

常に断る咲夜を口説《くど》き落とそうと張り合う様《さま》は、講義が回を重ねるたびに過激になるばかり。

講義終盤の重苦しい空気の反動なのか、今日は特に酷かった。

『お控えなされ。そのぎとぎとに脂《あぶら》ぎった気持ちの悪い顔を、先生の美しいお顔に近づけてはなりませぬ』

『そなたこそ下駄の裏じみたご面相を何とかなされませ。角張っておる上に白粉《おしろい》の刷《は》き方も下手《へた》くそで女形の出来損ないにしか見えませせぬ』

『下駄の裏？　せめて御飾りの菱餅《ひしもち》と言いなされ』

『的外れを申されますな。せっかくの菱餅が腐ってしまいます』

『おのれ忌々《いまいま》しい、お邪魔虫のごきかぶり女が！』

『ほほほ、片腹痛い。人を悪しざまに言う前に鏡をとくと見るがいい!!』

そんな具合に罵り合い、つかみ合いをせんばかりに争いながら先を争って申し出られても、当の咲夜は白けるばかり。

御中臈たちが親切で世話を焼こうとしているわけではなく、謎めく源氏読みのことをもっと知りたい、その私生活を覗き見たいという、下世話《げせわ》な好奇心しか抱いていないのは、元より承知の上である。

咲夜は少女の頃から同性に好かれることが多かった。髪上げをして大人の仲間入りをした後は男たちも熱い視線を向け始め、四十路《よそじ》近くなった今は男女の別なく寄ってくる。当人としては鬱陶しいこと、この上ない。

だが、この魅力は武器となる。

咲夜の言葉には人を操る力がある。

御中臈たちは源氏物語の講義を通じて、その力に取り込まれていた。

咲夜にしてみれば楽なことだ。

御中臈は大奥入り前に教養を身につけているため、講義を受ける帖の写本を作成することを予習とさせ、その写本に目を通させながら本文を聞かせれば内容が理解できる。知識に伴って想像力も豊かであるため、咲夜の語りの虜《とりこ》にもなりやすいのだ。

大奥で必要な品々を調達する表使《おもてづかい》や、将軍と御台所の書記係にして諸大名からの献上品を検《あらた》める御右筆《おゆうひつ》も、元より教養豊かなので講義をするにも苦労はなく、御中臈と同じく虜にしやすい。

しかし御次《おつぎ》と御三《おさん》の間は遊芸、呉服の間は裁縫の技術を以て奉公するため学力には偏りがある。

更に格が下で料理番を務める御仲居《おなかい》、湯茶係の御茶の間に玄関の番をする御使番《おつかいばん》、そして末端の雑用係で御末《おすえ》とも呼ばれる御半下《おはした》に至っては作中の古語の意味から一つ一つ教えねばならず、御中臈見習いで十五歳未満の少女の御小姓にも基礎の指導が必要であり、いちいち手間のかかる講義だった。

そんな苦労はあるものの、大奥に出入りを許されて三月《みつき》で末端から中堅の奥女中の殆どを虜《とりこ》にしたのだ。機は熟したと言っていいだろう。

定信愛用の紙入れに仕掛けた毒を図らずも看破され、竜之介に伯父の無念を晴らす意思がないと分かった以上、速やかに次の手を打つのみ。虜にした大奥の女たちを手先に使い、今度こそ定信を亡き者とするのだ。

定信には奥女中から命を狙われる理由がある。

一昨年に老中首座となって以来、田沼派だった幕閣と諸役人ばかりでなく大奥にも厳しい態度を取ってきたからだ。

奥勤めを兼任し、大奥に干渉する権限を得た定信は早々に倹約を厳命したのみならず、当時はまだ保留中だった家斉と茂姫の婚礼は簡素に執り行うと宣言し、余計な口出しによる費用の増大を回避。その後も強気な姿勢を取り続け、昨年に将軍補佐に任じられた直後には奥女中が毒殺を企んでいると噂が立つ程、強い反感を買うに至った。

大奥で正面切って定信と張り合っているのは御年寄《おとしより》衆だ。

将軍の正室の御台所を頂点とする大奥では、御台所の世話役を務める上臈《じょうろう》御年寄が奥女中の最高位だが、組織を動かす権限は上臈御年寄の見習いの小《こ》上臈より更に下の地位である、御年寄が掌握していた。

男の組織である幕閣においても、譜代大名筆頭の井伊《いい》家が世襲した大老《たいろう》が必ずしも実権を持たされたわけではない。

田沼意次が幕政を牽引していた天明四年に大老となった井伊掃部頭直幸《かもんのかみなおひで》が在任中に担ったのも、任期の前半は意次の政策を批判する反対派を抑えることであり、後半は意次の老中辞職に伴う混乱を鎮めたのみ。自ら政を主導するには至らぬまま、定信が老中首座に任じられた三月後の天明七年九月に職を辞した。

定信は老中でありながら、大老を凌ぐ実権を握っている。

それでも大奥のお歴々は屈することなく、その威光に逆らい続けてきた。

寛政元年三月現在、定員を七名とする御年寄衆の中で四強と言うべき存在は滝川《たきがわ》、大崎《おおさき》、高橋《たかはし》と梅《うめ》の井《い》。

梅の井を除く三人は定信から大奥の倹約掛に任命されたものの、誰も本心から従ってはいない。

特に大崎は家斉の乳母上がりとあって強気なこと甚だしく、奥勤めの老中の権限で大奥に干渉する定信に対し、

『我ら大奥御年寄は老中と同じく上様にお仕えする身、いわば越中守殿とはご同役にございます。それなのに何ですか？　大奥を目の敵《かたき》にし、二言目《ふたことめ》には倹約倹約と無理難題を押し付けて！　左様にやかましゅう上から物を言われる覚えはございませぬぞ!!』

といった反論を、面と向かって浴びせた程の女傑である。

この大崎に加えて高橋も家斉の信頼篤く、滝川は七人を定員とする御年寄衆の中でも古株。梅の井は公家の出と、それぞれ手強い顔ぶれだった。

だが、その下に属する御中臈の殆どは咲夜の虜。

御中臈たちを通じて一人ずつ籠絡し、定信を狙わせるのだ。

とはいえ、御年寄に自ら暗殺を実行させるわけではない。

女は口こそ達者でも、力は男に劣る。定信も大奥に立ち入る際には脇差を外して丸

腰となるが、素手は元より刃を向けたところで歯が立つまい。

ならば、傀儡《かいらい》の男たちに相手をさせれば良い。

大奥入りする女たちは、親族の期待を一身に背負っている。

家柄を問われる御台所と違って将軍の側室、そして次期将軍の生母となる道は全ての旗本の娘に開かれており、仮親さえ立てれば町娘も目指すことができる。大望《たいもう》が実現すれば親兄弟まで恩恵に与《あずか》り、赤の他人の仮親も出世は望むがままだった。

大奥入りした女はまず御目見を目指し、将軍に朝の挨拶をする総触の一員に加わった後は側室候補の御中臈に昇格して待望の御手付きとなり、御褥御免《おしとねごめん》と称して同衾《どうぎん》を辞退させられる三十歳までに若君を生めば御部屋様の、姫君でも御腹様の地位が得られる。御部屋様は若君が成長して将軍の座に着けば絶大な権力を握り、親兄弟も出世が約束される。

この出世競争は、御年寄衆にとっても重要な意味を持つ。

御中臈はいずれかの御年寄の下に属しており、お部屋様から将軍の生母となるまでに御中臈を育て上げた御年寄は後見人の立場を得られるからだ。

当の御中臈たちも将軍の夜伽相手を決める権限を持つ御年寄には気に入られる必要があり、御手付きとなった後も庇護を求めてのご機嫌伺いが必須とされる。大奥では一服盛られた御手付き御中臈が流産し、命まで落とすことも珍しくないからだ。

まさに魔窟《まくつ》と言うべき大奥を仕切る、御年寄衆の権威は絶大。その権威にあやかりたい旗本は幾らでもいる。

我が娘を、あるいは見目良き町娘を大奥に送り込んで出世を目指す手合いにとって元より定信は煙たい存在。

その命を絶つのが条件となれば、当の旗本は腕が立たずとも選りすぐった家中の士、あるいは剣客浪人を雇うことだろう。

能ある者には見返りを惜しまず、存分に働いて貰うべし。

敬愛する田沼意次が生前に信条としたことだが、人の心を操るのがお手の物の咲夜は大枚の報酬など用意せずとも、口先だけで十分に使役できる。

男も女も、欲得ずくで動く者ほど御《ぎょ》しやすい。

まず御年寄衆を虜にし、傘下の御中臈たちの親族も操って、今度こそ定信に引導《いんどう》を渡すのだ。

咲夜の目標は定まった。

迷いが失せれば気持ちは晴れる。

夜が更け行く町の中、家路を辿る足の運びも一気に軽くなっていた。

五

松平定信は一昨年に老中首座となって以来、江戸城内の西の丸下に新たに与えられた屋敷で暮らしている。

下城が遅くなった今日は早々に入浴と夕餉を済ませて私室に籠り、部屋着にしている木綿の着流し姿で食後の一服をくゆらせていた。

刻み煙草に蕗《ふき》の葉を混ぜたものである。

定信は世間で言われる程の石部金吉《いしべきんきち》でも朴念仁《ぼくねんじん》でもない。

煙草を吸い、酒を飲み、女も抱く。

それら全てを自制することを己に課しているだけなのだ。

質素倹約と士風矯正《しふうきようせい》を幕政改革の柱とする定信は、自ら規則正しい生活を送りつつ、節約と節制を実践していた。

朝六つ半、午前七時に起床。夜五つ半、午後九時に就寝。この習慣を守るため、酒宴に招かれても酉《とり》の刻の半ば、午後七時には決まって辞去し、屋敷に客を招いた時は戌《いぬ》の刻、午後八時を過ぎたら帰宅を促す。

酒には健康法を兼ね、黒豆の汁を混ぜるのを常としていた。

房事は老中首座となってから一年半も行わず、今も月に二度のみ。寒と土用は不淫と定め、正室も側室も近づけない。自ずと一人寝をするのが当たり前となり、今夜も私室に床を取らせていた。

「殿、お休みなされませ」

「うむ、大儀」

定信は布団を敷き終えた近習《きんじゅ》の労をねぎらい、退出させた。

煙管《きせる》の掃除までは命じない。手のひらで揉んで柔らかくした反古《ほご》で火皿と吸い口を拭き、ヤニが取れたのを確認して煙草入れの筒に収める。

部屋の照明に蠟燭を用いるのは贅沢ではなく、目を悪くして眼鏡の世話になるのを防ぐためである。

行燈よりも格段に明るい部屋の中、定信は文机の前に座る。

筆を執り、したため始めたのは本日の日記。

定信は幼少の頃から並外れて筆まめであり、本を書くことを趣味と言うよりも習慣としていた。

本といっても出版するわけではなく、自ら清書した原稿を親しい者に読ませるだけだが、明和《めいわ》七年に十三歳で人君の励むべき事柄を記した『自教鑑《じきょうかがみ》』と題する一冊を著し、父の徳川宗武に上覧。お褒めに与《あずか》り、褒美に『史書』を授かった。

八代将軍の次男にして田安徳川家の祖となった宗武は、この翌年、明和八年に五十七歳で亡くなっている。

家督を継いだ兄の治察《はるさと》は病弱で男子に恵まれず、田安徳川の家と十万石は定信が継承し、次期将軍となる可能性もあったのだ。

思わぬ横槍を入れられ、望まずして養子にされたことを恨んだ覚えがないかと言えば嘘になるだろう。

しかし、いまさら誰を恨んだところで意味はない。

何事も天命と思い定め、己が担う役目を果たすのみである。

いつもは日の高い内に政務を終えて下城するので藩政について八丁堀の上屋敷に指示を出し、合間に書を読む時間も取れるが今日はそれどころではなく、就寝前に柔術の受け身を稽古する気にもなれなかった。

「常のごとく登城に及ぶ。御前にて奢侈禁令の草案を言上し……」

呟きながら走らせる、定信の筆は速い。

家斉に茶を勧められたことで始まった、中奥での事件については全く触れない。身の証しを立てた竜之介とひきはだ竹刀を交えたことに関しても、何一つ書き記そうとはしなかった。

奢侈禁令の内容を家斉と二人で詰めるため、御側御用取次を始めとする御側衆を退出させていたのを幸いに、全てをなかったことにしたからだ。

家斉への遠慮でも、竜之介に対する気遣いでもない。

何者かが定信の暗殺を企み、愛用の紙入れに仕掛けをしたのが発覚すれば先程の近《きん》習《じゅ》を含む、何人もの家臣に腹を切らせなければならなくなる。今も気を抜くと背筋が凍りそうだったが、自分の落ち度で忠臣たちを死に至らしめるわけにはいくまい。

あの古びた紙入れは煙管と同じく誰にも触らせず、汚れや破れは定信自ら手入れをする。下城してすぐに毒を抜くため水を潜らせ、今は私室の窓辺に置いて乾かしている最中だった。

定信にとっては大事なものだが、余人の目には流行遅れの、しかも手縫いの紛《まが》い物としか映らぬはずだ。この部屋に忍び込んで見かけたところで、いまだ愛用しているとは思いもよらぬことだろう。

だが、定信の命を狙う者は的確な判断をした。

鼻をかむ、あるいは口を拭いて致死量の猛毒が体内に取り込まれることを期し、常に懐に忍ばせている紙入れに目を付けたのだ。

あの紙入れを定信が大事に用いているのを承知なのは、竹馬《ちくば》の友でもある近習番の水野為長《みずのためなが》、そして定信の養育係として最初に儒学と書を教えた番頭《ばんがしら》の大塚孝綽《おおつかたかやす》といった、田安徳川家以来の近臣しかいない。他人に見せたことなど数える程しかなかったはずだ。

「……臆しておっても始まるまい」

ひとりごちると筆を置き、定信は腰を上げた。

窓辺に置いた紙入れの乾き具合を確かめて戻ると、文机を脇に寄せる。

畳を踏みしめ、おもむろに始めたのは受け身の稽古。

汗を掻かぬ程度に体を動かし、節々をほぐして床に入るとよく眠れる。

何より有事の備えとして、受け身は欠かせぬものである。

人の上に立つ身に賊を自ら斬る技は不要だが、襲われた瞬間に己を守る術は心得ておかねばならない。柔術の受け身や抜刀術の受け流しは毒に対する慣れと同様、日頃から磨いておく心がけが必須と定信は考えていた。

仰向けに、うつ伏せに、繰り返し畳に倒れ込んでは身を起こす。

手のひらで畳を打つ音は規則正しい。

命を落としかけたことで覚えた恐怖はいつしか失せ、定信の五体には生きる気力がみなぎっていた。

定信の命は自分一人のものではない。

生まれ落ちたその日から、多くの使命を背負う身だからだ。

定信には様々な肩書きがある。

田安徳川家の御曹司。

久松松平家の当主。

老中首座。

奥勤め老中。

そして、将軍補佐。

いずれも責任を以て全うしなくてはならず、その責を果たすために我が身を粗末にしてはいられない。

引き締まった体が回転する。

厚い手のひらが畳を打つ。

黙々と受け身の稽古を続けながら、改めて心に誓う定信だった。

六

年明け早々に京の都を離れ、江戸に下った咲夜が住んでいるのは日本橋の南詰から青物町《あおものちょう》に出て、海賊橋《かいぞくばし》を渡った先の八丁堀。

町奉行所に勤める与力と同心の屋敷が建ち並び、江戸で最も治安が良いと言われる八丁堀には、定信が当主である白河十一万石の久松松平家も上屋敷を構えている。この上屋敷に寄宿することを定信に勧められた咲夜は謹んで断り、代わりに口を利いてもらって、近所の与力の長屋を借りたのだ。

咲夜は元々、定信が老中首座の役宅として拝領した西の丸下の屋敷への出入りを許されている。

ゆえに紙入れの懐紙に毒を仕込むこともできたわけだが、当主が不在の上屋敷に用はない。それよりも町方与力の屋敷内で暮らしたほうが、不慣れな江戸市中の諸事を知るにも役に立つ。

咲夜は海賊橋を渡りきった。

その名も八丁堀という運河を越えた先は坂本町《さかもとちょう》一丁目。

右に曲がって少し歩くと、長屋がある与力の屋敷が見えてきた。

町方与力と同心は御目見以下で将軍に拝謁することはできないが、与力は旗本格、同心は御家人格とそれぞれ直参に準じた身分。頭数《あたまかず》を一騎、二騎と数える与力は合戦の際は騎馬武者となって出陣し、配下の同心を足軽として率いる立場のため馬を飼い、旗本格の特権で門構えを長屋門とすることまで許されていた。

屋敷の門に連なる長屋は本来は家臣のための住居だが、空きがあれば賃貸に出し、副収入を得ることを黙認されている。

店賃は高めだが治安の良さに惹かれて入居を望む者は絶えず、特に医者や儒学者が多い。

源氏読みを生業として世間を欺く咲夜にお誂え向きの仮住まいである上に町方役人の動向まで知り得る、一石二鳥の環境だった。

とはいえ、良いことずくめというわけではない。

「これは先生、お帰りなさいまし」

門番の小者は今宵も疑うことなく潜り戸を開き、咲夜を迎え入れた。

「先程お兄様がお越しになられましたので、お通ししておきましたよ」

「左様でございましたか。相すみませぬ」

「いえいえ、遅くまでご苦労様でございます」

中年の小者は折り目正しく挨拶を返しながらも、豊かな胸と尻を盗み見ている。その視線に気づいた当初は他の屋敷に移ろうと思ったが、定信に妙な勘繰りをされてはまずい、どこに行っても同じと諦めた。

咲夜は登城するたびに、同じ眼差しを数えきれぬほど向けられる。

中奥詰めの小姓と小納戸の視線には遠慮が感じられるものの、表の役人は用部屋の前に通りかかった咲夜を不躾に、こぞって目で犯してくる。

定信は幕閣から田沼派を一掃すると同時に諸役人の首もすげ替え、賄賂を使って御役に就いた無能な者たちを御役御免にしたとのことだったが、実務の能力と人品は別物らしい。

俗世と縁を切り、異性と接することのない尼僧と見紛う外見でも、咲夜は一皮むけば熟れた女人。日頃から比丘尼《びくに》買いで坊主頭に馴染んでいる男たちは尚のこと、そそられて止まぬのだろう。

「ご雑作をおかけしました。それでは、ごきげんよう」

嫌悪感を押し殺して一礼し、咲夜は小者に背を向けた。

ねっとりとした視線が後を追ってくるのに鳥肌を立てながら、借りている長屋の障子戸を開く。

間取りは町人地の裏通りにある六畳一間の裏長屋より広く、三和土《たたき》の脇に使用人を住まわせる小部屋も付いている。

その男は奥の部屋に入らず、三畳の小部屋で咲夜の帰りを待っていた。

「兄様《あにさま》、何してますの」

「当たり前やろ、妹や言うてもおなごの一人住まいや。留守にしとるとこに勝手に上がり込むわけにはいかへん」

返されたのは京言葉。妹の咲夜と同様に、日頃は決して用いぬものだ。

「かなんなぁ」

呆れながらも安堵の笑みを浮かべた咲夜に、男は白い歯を見せた。

「散らかってますけど、どうぞお入りやす」

「そないなこと、見んでも分かるわ。三つ子の魂百まで言うやろ？」

「いややわ、兄様のいけず」

苦笑交じりに咲夜は火打ち石を鳴らし、附木《つけぎ》に取った火で行燈を灯す。

浮かび上がった男の顔は、瓜二つとまでは言えないが咲夜に似ている。

年子の妹と共に江戸に下った、この男の名は木葉刀庵《きばとうあん》。

源氏読みの妹に対し、太平記語りを生業としている刀庵の装いは、浪人風の羊羹《ようかん》色の着物に鼠色の袴。

帯前に大ぶりの扇子を一本差し、櫛できれいに梳《す》かれた総髪は肩まで届く程に長かった。

月代を剃らずに伸ばし、束ねるか撫で付けて形を調える総髪は浪人の他に医者や儒学者にも見られる髪型だ。

それでも町人は祝い事でしか着用を許されない袴を普段着にしていれば医者でも儒学者でもなく、たとえ丸腰でも浪々の身ながら士分と分かる。

この木葉刀庵、ただの浪人者ではない。

刀庵と咲夜の兄妹は没落した公家の生まれ。

恩人の意次が没した後も寄せて止まない崇拝の念は、いまや狂信者と呼ぶより他にない域にまで達していた。

七

咲夜が借りている長屋は両隣が空いている。

門番の小者も役目を放り出してまで覗きに来る様子はなさそうだったが咲夜は念のために声を潜め、定信を毒殺し損ねた顚末を刀庵に明かした。

「気い落としたらあかんで、咲夜」

話を聞き終えた刀庵は咎める前に、落胆を隠せぬ妹の労をねぎらった。

それが説教の前振りなのを、咲夜は幼い頃から承知している。頭ごなしに怒鳴り付けられるよりも身に堪えるやり方だ。

しかし刀庵が口にしたのは、叱りではなく忠告だった。

「悪いこと言わへん。大奥のおなごを使うのは止めとき」

「なぜですの」

「聞き」

思わず気色《けしき》ばんだ咲夜を刀庵は窘《たしな》めた。

「お前《ま》はんの言葉に人を操る力があることは承知の上や。海千山千の御年寄はんらも赤子の手をひねるようなもんやろ。日の本広し言うても、こんだけ騙《かた》りが上手《うま》いおなごは他におらんわ」

「嫌やわ兄様。うちは源氏読み。同じかたり言うても、人を騙すんは本業とは違います」

「けなしとるわけやない。褒めとるんや」

「おおきに」

「せやけどなぁ、お前はんの騙りは満たされとる者には通じへん。分かっとるはずやで」

「兄様……」

「現実から目ぇ背けたらあかん。お中臈にしてもみんながみんな、飢えとるわけやないんやろ?」

「……兄様の言わはる通りですわ」

やむなく咲夜は頷いた。刀庵から指摘された通りだった。

十名余りの御中臈で群を抜いた美貌と名高いお万の方とお楽の方は、いまだ咲夜の講義を受けようとせずにいた。

懐妊して安静第一で過ごしているお万の方はともかく、お楽の方は時間もあるはずなのに大奥に出入りを許された咲夜が部屋を訪れ、挨拶をした際に少し言葉を交わしただけで、その後は声一つ掛けてこない。

この二人の共通点は、既に家斉の御手付きであることだ。

他の御中臈たちが望んで止まない目的を達成し、満たされているのだ。

御年寄衆についても同じことが言える。

大奥で権勢を得る方法は和子を生むことだけではない。御手が付かぬまま御褥御免の三十歳を過ぎてもしぶとく居残り、昇格を重ねれば御年寄の座に着くことも夢ではなかった。

己の力で勝ち取った地位だと思えば達成感も大きく、最高位の上臈御年寄とその見習いの小上臈が公家あがりの奥女中に与えられる、肩書きだけの役職に過ぎない以上、御年寄より先の地位を望むには及ぶまい。

そんな御年寄衆を咲夜が言葉巧みに操ろうとしても騙りは通じず、むしろ曲者と見なされてしまいかねない。刀庵はそう言っているのだ。

人の欲は限りなく、今は得意の絶頂であろうお楽の方も、懐妊の兆《きざ》しが見えなければ焦りが生じるに違いない。

お万の方にしても生まれてくる子が姫君ならば満足せず、次期将軍の若君を授かろうと躍起になるだろう。

だが、今は間違いなく満たされている。初産に不安を抱きながらも和子を抱く日を心待ちに、幸せの絶頂にいることだろう。

そんな騙りが通用しない相手に対し、無理に仕掛けるのはやはり得策ではない。元も子もなくしてしまうわけにはいかぬのだ。

「得心したようやな」

「はい」

咲夜は重ねて頷いた。

「せやけど兄様、門屋との約束がありますやろ」

「分かっとる。わてに任せとき」

「どないしはりますの、兄様？」

「お前はんの仕掛けを台無しにしよった、風見いう小姓を使うんや」

刀庵は思わぬ答えを咲夜に返した。

「風見を？」

「その小姓、主殿頭様の甥御に間違いあらへんのか」

「間違いあらしません。父親は主殿頭様のお父君が手を付けはった、女中の子です。

風見いうのは婿入り先の姓ですわ」

「実の父親は主殿頭様の腹違いの弟はん、いうことやな」

「奥右筆を仰せつかってはった、切れ者やそうです」

「その切れ者の子が小姓かいな。そらいかんわ」

「せやけど兄様、風見には越中守をどうこうする気はこれっぽっちもあらしまへんのや。今日かて返り討ちにする機が二度もあったのに、何もせんと見逃しよって」

「そんだけいまの立場が大事いうことやな」

「私の技も通用せえへん類ですわ」

咲夜がため息をついた。

「安心し。そないな奴ほど、大事なもんを狙うたったらいちころや」

「大事なもん、ですか？」

「そいつを門屋に探らせるんや。今すぐ行って段取りつけるわ。お前はんはゆっくり休んどき」

「すんません、兄様」

「何も気にすることはあらへん。門屋に恩を売るのも、お前はんが京大坂で稼いでくれたお宝を増やすためや」

「我ながら、よう稼ぎましたわ」

笑顔の兄に咲夜は含み笑いで応じた。

咲夜は潔癖な反面、金になると思えば好色な視線を苦にしない。

帯を解くことなく男を骨抜きにし、鼻毛まで抜いて意のままにする。

兄の刀庵の協力の下、生まれ育った京の都のみならず大坂でも数多《あまた》の豪商の隠居や若旦那を誑《たら》し込み、没落した田沼の本家を復興する元手にすべく、大枚の金を巻き上げてきたのである。

妹が誘惑し、兄が脅す。

実の兄妹による美人局《つつもたせ》だった。

いかなる悪行も大義名分さえあれば、何ら恥じるには及ばない。

刀庵と咲夜はそう考えて、せっせと悪銭を稼ぎ続けた。

しかし、いつまで上手くいくものではない。

恥を忍んで訴え出る豪商が一人二人と出始めて、江戸に比べて取り締まりが緩《ゆる》い京都所司代と大坂町奉行所も、放っておけなくなってきた。

ついに雲隠れをする必要が生じた時、咲夜が定信に見出されたのである。

意次の仇が向こうから声をかけてくるとは、まさに渡りに船だった。

刀庵と咲夜がこれまでに稼ぎ貯めた総額は五千両。

兄妹二人の悪行の儲けとしては大した額だが、大名家の復興資金には桁《けた》が足りない。

ゆえに門屋に売り込みをかけ、共通の敵である定信を亡き者にする企みを手伝う代わりに、元手を増やす協力を求めたのだ。

札差の多くは自前の資金に金主《きんしゅ》からの融資を加え、顧客の旗本と御家人に貸し付ける金を調達する。

門屋も例外ではなかったが札差としては新参者のため、古参の同業者より金主が少ない。

そこに刀庵は目を付け、取り引きを持ちかけたのである。

「ほな行ってくるわ」

「気ぃつけて、兄様」

見送る咲夜に笑みを返し、刀庵は長屋を出た。

潜り戸を押し開き、門の外に出る。

門番は六尺棒を杖にして、かったるそうに見張りをしている。

「おや、もうお帰りで？」

「邪魔を致した」

刀庵は重々しく答えつつ、門番の前に立つ。

「妹が雑作を掛ける。よしなに頼むぞ」

「へい、そりゃもう」

調子よく返したとたん、門番の笑顔が凍り付く。

見返す刀庵の視線に射抜かれたのだ。
咲夜に不埒《ふらち》を働けば、ただでは済まさない。
無言の内に、視線はそう言っていた。
「御免」
青ざめた門番に一言《ひとこと》告げ、刀庵は歩き出す。
妹より上背のある痩軀が、見る間に遠ざかっていく。
木葉刀庵。
実の名を捨てるまで、太刀術の冴えを以て京洛《きようらく》で知られた男であった。

八

夜が更け、蔵前《くらまえ》の町を吹く風は冷たさを増していた。
蔵前の由来となった御米蔵が大川に面しているのは、将軍家の主要な税収にして札差の懐を潤す源の年貢米が船で運ばれてくるからだ。天領の各地で税収を担う代官が数を揃え、最寄りの港から送り出した米俵は御米蔵に付設する櫛の歯状の船着き場で降ろされ、蔵米として保管される。

江戸の水運に欠かせぬ大川は御城下を流れる一番の大河。広い水面を吹き渡った川風は夏場は涼を運んでくれるが寒い折は真に厳しい。

この大川の水が温《ぬる》むのは青葉が茂る、新緑の候を迎えた後。

今宵も花のお江戸は春らしからぬ寒さである。

花見の時季に付き物の花冷えは満開の桜が残らず散るまで、いましばらく続きそうだった。

門屋は既に表戸を下ろし、戸締まりを済ませていた。

「今夜も冷えるねぇ」

新左は一人ぼやきながら、店の中庭を歩いていた。

「果報は寝て待てとは言うが、あたしゃ貧乏性ですんでねぇ。お宝の手入れでもしながら、待たせて貰うとしますよ」

火を入れた手燭《てしょく》を掲げて歩きつつ、新左は呟く。

この新左、悪人ながら勤勉である。

定信暗殺成就の前祝いに催した花見の宴から戻った後は、留守の間の様子を番頭に報告させ、自ら算盤《そろばん》を弾いて勘定を締めた。

あくどい稼ぎの報復に対する備えも新左は抜かりがない。用心棒の源吾に加えて手代たちにも交代で番をさせ、借金の取り立てで進退窮まった旗本や御家人の夜討ちに備えている。返り討ちも命まで奪えばこちらが罪に問われてしまうため袋叩きにし、直参の誇りをへし折るだけで十分だった。

それよりも厄介なのは札差衆を目の敵《かたき》とし、老中首座と将軍補佐を兼ねる権勢で押さえつけようとする松平越中守定信。

このまま定信が権力を握っていれば、ぼろい商いも先が危うい。しばらく老中職を罷免される様子もない以上、死んでもらうより他になかった。

新左は土蔵の前まで来た。

錠前の鍵は巾着袋《きんちゃくぶくろ》に収め、いつも首から提げている。

大事な鍵を袋に戻した手が、すっと懐に入る。

背後から声をかけてきたのは源吾であった。

「不用心だぞ、門屋」

「室井さんでしたかい」

苦笑いを浮かべて向き直りつつ、新左は短刀の鯉口を締めた。用心のために懐中に忍ばせている、拵《こしらえ》つきの九寸五分だ。

「敷地内と申せど外は外。出るならば一声かけてくれ」

「ご心配にゃ及びませんが、お礼は言っておきますよ」

「ならば俺も土蔵に入れてくれ」

「へっ、そいつが狙いでしたか」

「俺はおぬしの世話になってまだ日が浅いからな。どれほどお宝が詰まっておるのか、一度ぐらい拝ませてくれても良いであろう。守るものの値打ちを知らねば、腕の振るい甲斐もないからな」

「はいはい、仰せの通りに致しましょう」

新左は再び苦笑い。

戸を開き、足下に置いていた手燭を掲げる。

「さ、どうぞお入りなさいまし」

新左に続き、源吾が足を土蔵に踏み入れた。

「ほほう、壮観だな」

源吾が感嘆した土蔵の中は、借金の利息代わりにこれまで召し上げてきた旗本と御家人の家宝で一杯。

とりわけ刀と脇差は増える一方で保管用の箪笥《たんす》に収まりきれず、分捕《ぶんど》った時に入っていた桐の箱や錦袋のままで、床の上に積み重ねられていた。

「大事にせい。もったいない」

その一振り一振りを源吾は手に取り、傷まぬように置き直していく。

「まぁまぁ、一番のお宝は疎《おろそ》かに扱っちゃいませんよ」

新左が刀簞笥から取り出し、もったいぶって見せつけたのは大脇差。

刀身が二尺、約六〇センチぎりぎりの大脇差は博徒が長脇差《どす》と呼んで一本差しにする一方、武士は差し添えと称して刀と一緒に帯びる。一尺五寸、約四五センチ前後に造られた普通の脇差より長いため、斬り合いで刀を損ねた時の備えとして有利だからだ。

その大脇差も武士が腰にする差料《さしりよう》にふさわしい、地味ながら堅牢な黒鞘に納められていた。

「ご覧になりますか」

「拝見しよう」

即座に答えた源吾を前に、新左は道具箱を引き寄せた。

目釘《めくぎ》を抜いて柄《つか》を外し、鞘を払う。拵えを元の状態に戻すまで目釘を失くさぬように、柄の目釘穴に軽く挿《さ》しておくのも忘れない。

刀身だけの姿となった大脇差に袱紗を添えて、源吾に手渡す。

灯火に煌めく刀身は錆《さび》一つ浮いていなかった。

「忠綱《ただつな》だな。二代目か」

「ご名答。佐野大明神ですよ」

「見事な出来だ……地鉄《じがね》もよう冴《さ》えておる」

「そうでしょう?」

感心しきりの源吾に、新左は得意げな笑みを返す。

この大脇差の作者は一竿子忠綱。

戦国の乱世が終わった慶長《けいちょう》年間以前の古刀《ことう》に対し新刀《しんとう》と呼ばれる、江戸に幕府が開かれた後の刀工だ。

五代将軍の綱吉の時代である元禄《げんろく》年間の大坂で活躍した、世にいう大坂新刀の刀工の一人であり、刀身に自ら施す彫刻が精緻なことで知られたものの、群を抜くほど好評を博していたわけではない。

忠綱が爆発的な人気を得たのは五年前、天明四年三月二十四日。

江戸城中で若年寄の田沼山城守意知に斬りかかり、致命傷を負わせた旗本の佐野政言が、その襲撃に用いたことがきっかけだった。

九

土蔵を出た二人は、新左の部屋に席を移した。

「あの落ちぶれ旗本、思わぬ物持ちでございましたよ。まさか大明神様のお差料と寸分違わぬ大脇差を隠し持ってやがるとはねぇ……へへ、天井知らずの値が付くこと間違いなしでさ」

「察するに、これは陰打《かげう》ちだな」

「何ですかい、そいつぁ」

「刀鍛冶が余分に鍛えたもののことだ。試作品とでも言うべきかな」

「じゃ、大明神様のと同じ時に造ったと?」

「ゆえに近い出来になったのだろう。佐野の家にあった方が上出来には違いあるまいが、これはこれで価値がある」

「詳しいことは分かりやせんが、兄弟みたいなもんですか」

「左様な解釈でよかろう」

源吾はそう答えながらも、拵えを戻した大脇差を手離さない。膝を揃えて素振りを繰り返しつつ、飽かず刀身を眺めていた。

「真に調子のよき出来だ。新刀なれど人を斬るにも向いておる……山城守の受けた傷が深かったというのも頷けることだ」

「思えば山城守様も運のないお人でしたね。いよいよこれからって時に」

新左の呟きは悪党らしからぬ同情を帯びていた。

田沼意次の嫡男として生まれた意知は若くして出世を重ね、落命する前の年の天明三年には三十五歳で若年寄に昇進。老中として絶大な権勢を誇った意次に続いて奥勤めを兼任し、十代将軍の家治の側近くに仕える立場を得て発言権を強めた。

この強力な二人体制が成立した翌年早々、意知は三十六の若さで命を落とした。若年寄の勤めを終えて中奥から表へ抜けて玄関に向かう途中、政言が属していた新番組《しんばんぐみ》の詰所前で斬り付けられたのである。

政言は詰所近くの中《なか》の間、桔梗《ききょう》の間と意知を追って凶刃を振るい、大目付の松平《まつだいら》対馬守《つしまのかみ》忠郷《ただすさと》と目付の柳生久通《やぎゅうひさみち》によって取り押さえられた。襲撃の理由は私怨と自供したものの裁きでは乱心とされ、意知が息を引き取った翌日の四月三日に切腹して果てた。

嫡男を失った意次は孫の意明《おきあき》を田沼家の跡継ぎとしたが、十二歳の少年が政権を支える力になれるはずもない。意知の死から二年後の天明六年、意次は進めていた政策を全て打ち切り、同年八月二十七日に老中を辞職。意次に幕政を任せていた家治は辞任直後の九月八日に病死した。

実は八月二十五日に家治は亡くなっており、原因は意次が推挙した二名の奥医師の誤診と投薬の誤りだったため、責任を取らされての辞職と噂されたが真偽の程は定かではない。

意知さえ生きていれば、そこまで追いつめられなかったことだろう。優秀な跡継ぎを失った時点で、既に意次の命運は決していたのかもしれない。

「咲夜様の大切なお人だったと聞けばお気の毒ですけど、やっぱりあたしは佐野大明神様様ですよ。大金が入ったらお礼参りしなくっちゃ」

飽かず大脇差を振るう源吾をよそに、新左はにやりと笑った。

非業《ひごう》の最期を遂げた意知に寄せる同情よりも、この一振りで儲けることの方が大事なのだ。

意知が息を引き取った翌日の四月三日、切腹に処された政言を庶民は田沼父子に天《てん》誅《ちゅう》を下した世直し大明神、佐野大明神と呼んで絶賛し、意知の命を奪った大脇差の作者である一竿子忠綱の人気も沸騰した。

しかし忠綱は既に故人。もう新作は造られない。

刀屋の在庫は瞬く間に売り切れたが、金に糸目を付けず入手したい、手元に置いて鑑賞したいと渇望する客は大名に旗本、町人の好事家《こうずか》まで、いまだ後を絶たぬという。

高値で売りたい新左にとっては幸いだが、これは滑稽なことである。

田沼一族の政治で割を食った豪商などが忠綱を手元に置き、敬意をもって鑑賞するのはいい。

そもそも町人は名字帯刀を許されぬ限り、腰にすることもないのだ。

だが武士は町人と違って刀を身分の証しにすると同時に、主君を守るために行使する義務を負っている。その義務を果たすためには剣術を学ぶことはもちろん、刀を鑑賞品ではなく、武具として扱う技術が必要とされる。

ところが今日びの武士は刀を手入れし、帯びて歩くことはできても、腰にした状態から抜き差しするのがままならない。御城勤めでは誤って鞘走《さやばし》ると切腹ものとあって、鯉口を切れぬほど締め過ぎる、本末転倒な者も多かった。

定信は旗本と御家人に士風矯正を説き、武芸を奨励しているが、幾ら躍起になったところで武士らしい武士が急に増えるとは思えぬし、剣術を学んだから刀が使えるとは限らない。

刀は斬るためのもの。木刀は打つためのもの。

似せた形で作られていても真剣とは別物だ。

その木刀を交えることも当節の武士は恐れ、割れ竹を束ねた竹刀を用いた上に面や胴、小手まで着用する撃剣《げっけん》が剣術の稽古の主流となりつつある。

それでは体が鍛えられても、真剣の扱いは身につくまい。

腕に覚えと乗り込んできても、人を斬り慣れた源吾の敵ではなかった。

「む……」

ふと源吾の目が鋭くなった。

「来客らしいぞ、門屋」

「咲夜さんですかね？」

「いや。この剣呑《けんのん》な気配、源氏読みの兄だろう」

勢い込んで問う新左に、源吾は嫌な顔をした。

「あの男はどうにも苦手だ。俺は戻るぞ」

そう言い出すなり大脇差を懐紙で拭い、鞘に納めた。

「室井さんも妙なお人だねぇ。あれだけの腕を持っているのに、太平記読みを怖がることもあるまいに」

新左は首を傾げつつ、大脇差を錦袋に戻した。

十

「覚悟せい門屋。我が家の宝、この身に替えても取り戻すぞ」

その旗本は、自身を奮い立たせるかのごとく呟いた。

蔵前の町は人通りが絶え、川風が花冷えに追い打ちをかけている。

春らしからぬ寒さの中、二刀を帯びた旗本は袴の両裾を帯に挟んで股立《ももだ》ちを取り、着物の袖が邪魔にならぬように革襷《かわだすき》まで掛けていた。

物々しいいで立ちで見据えているのは、風に揺れる門屋の看板。逼迫した家計の救いとなるはずだった一竿子忠綱を、前借の利息代わりとうそぶいて屋敷から奪い去った、憎むべき札差の店である。

「同輩のよしみで力を貸してくれい、善左衛門《ぜんざえもん》」

震える足を踏み締めて旗本は呟く。

善左衛門は佐野政言の諱《いみな》、通称だ。

この旗本、柴伊織《しばいおり》は五年前まで政言と共に、江戸城中の警備を役目とする新番組の番士を務めていた。田沼意知の襲撃の際に詰所に居合わせた四人の同僚の一人でもあった。

政言が詰所の前を通った意知に襲いかかり、警備役として御城中での携行を許可された大脇差を振るうのを止めなかった落ち度を咎められ、御役御免となった上に知行取から蔵米取に格下げされて五年。

元々豊かとは言い難かった家計は悪化の一途をたどり、門屋の前に顧客となっていた札差からは新規の借金を断られ、元より返済もままならずに往生したところを新左に狙われ、カモにされてしまったのだ。

奪われた一振りは、意知襲撃に用いられた大脇差の陰打ちである。

刀工は納得のいく出来となるまで、同じ仕様で数振りを打つ。この陰打ちは刀工が自分の手元に置くか、溶かして元の玉鋼《たまはがね》に戻し、他の刀を造るのに再利用されるため、一般に出回ることはない。

ところが政言の忠綱の陰打ちは、巡り巡って伊織の許に来た。

生前の政言にも見て貰い、試作品でありながら甲乙つけがたい出来に感心し合ったものである。

「図らずもおぬしが値打ちを高めてくれたのだ。無下《むげ》には致さぬぞ」

決意も固く、伊織は呟く。

政言の襲撃は、入念に計画されたものだった。

老中や若年寄といった幕閣のお歴々は、特別な御用がなければ同役の全員がまとまって昼八つ、午後二時までに退出する。中奥から表を通過し、本丸玄関を出て下城する道順も決まっており、諸役人は自分たちの用部屋や詰所の前をお歴々が通り過ぎる際には執務の手を止め、見送りに立つのが習わしとなっていた。

城中での帯刀は御法度であり、武士が身分の証しとして常に帯びる脇差も中奥では禁じられている。表では脇差だけは許されたが、刀は玄関脇に役職ごとに設けられた下部屋《したべや》に登城の際に置いていき、下城時まで手にすることは許されない。

政言はこれらの習慣を利用し、意知の身を守る備えが下部屋に着くまでは脇差しかないことまで逆手に取って、帯刀が御法度の城中でも警備役ならば所持できる、脇差よりも刃長《はちょう》のある大脇差で襲撃を実行したのだ。

その理由を知る伊織に、止め立てすることはできかねた。

しかし、いつまでも貧窮してはいられない。

救いの神の一振りを取り戻すべく、伊織は前に踏み出す。

「待て」

後ろから呼び止める声が聞こえた。

視線も険しく伊織は振り向く。

現れたのは羊羹色の着物に鼠色の袴を穿いた、肩まで届く総髪の男。

「何奴だ」

「おぬし、殺気が出過ぎておるぞ」

誰何《すいか》に答えず、男は呟く。

「まるで追いつめられた鼠《ねずみ》だな。したが、おぬしでは猫も嚙めまい」

「ぶ、無礼だぞ」

伊織は声を震わせながらも、きっと男を睨みつけた。

「真のことを申しただけだ」

何食わぬ顔で男は言った。

「俗に窮鼠《きゅうそ》猫を嚙むと申すが、それは鼠が日頃から獲物を狩り、他の獣や鳥に食われまいと生き延びておる身なればこそ言えること……されどおぬしは違うであろう？徳川の禄を食み、太平楽《たいへいらく》に生きて参っただけだ」

「おのれ下郎」

伊織は思わず鯉口を切る。

「無礼をほざきおって！　我が忠綱を取り戻す前に、血祭りにあげてくれるわ！」

しかし、抜刀するには至らない。

男は瞬く間に間合いを詰め、伊織のみぞおちに拳を打ち込んでいた。

十一

「越中守に気づかれた⁉」

大脇差を前にして、新左は期待と反する知らせに絶句した。

「相済まぬ」

刀庵は詫びた上で、傍らに横たえた伊織を見やる。

「して門屋、こやつは何と致す。その忠綱を取り戻すために斬り込んで参るつもりだったらしいが」

「打っちゃっといてくださいよ。後で若いもんに運ばせますから」

口調こそ丁寧だが、話を逸らすなと言わんばかりの剣幕である。

刀庵の手を借りるまでもなく、血迷った旗本や御家人に夜討ちをされても恐れるには及ばなかったが、それより厄介なのは札差衆を目の敵《かたき》とし、将軍家の威光の下に押さえつけようとしている松平越中守定信だ。

定信が権力を握っていては、ぼろい商売も先行きが案じられる。

その定信を亡き者とする企みが失敗したと知らされては、落ち着いてなどいられなかった。

「それで先生、どうして咲夜様は仕損じなすったんです」

「毒を仕掛けた懐紙で越中守が碗を拭き、その碗に茶を注がれてしもうたのだ。碗に付いた毒は二人分の湯で薄まっておったゆえ、越中守が気づかず口にしても一命を落とすには至らなんだであろう。思わぬ成り行きに咲夜も為す術《すべ》がなかったそうだ」

「そんな馬鹿な……」

「松平越中守め、真に悪運の強い奴だ」

絶句した新左に、刀庵は落ち着き払った口調で告げた。

「仕切り直しだな門屋。勘付かれた以上、同じ手は二度使えまい」

「それじゃ大損じゃないですか。あの毒に幾ら払ったと思ってなさるんですかい！あれは河豚の肝に手を加えて拵えた特製品なんですよ‼」

「落ち着け。家人が起きるぞ」

「余計なお世話でさ。元より女房も子供もおりやせんよ」

「左様であったか。相済まぬ」

声を荒らげた新左を宥める刀庵は、あくまで冷静。

「済まないですって？　本当にそう思ってなさるんでしたら、代金を半分でいいから出してくだせぇまし」

「断る」

きっぱりと拒んだ上で刀庵は言った。

「越中守を亡き者とする目的が同じでも、我ら兄妹は急《せ》いてはおらぬ。今日明日にも引導を渡したいと騒いでおるのはおぬしだけだ。その願いを叶えてやるために妹は危ない橋を渡ったと申すに、筋違いの金を寄越せと強いるは無体の極みというものぞ」

滔々《とうとう》とした語りは新左が黙り込んでも止まらなかった。

「考えてもみよ門屋、あの赤穂浪士も本懐を遂げるまで二年近くを費やしたのだ。その労苦を思えば我らは江戸で年を越すのも覚悟の上ぞ。それに越中守は三十過ぎて間もなき若造。吉良上野介殿と違うて、討たれる前に老いて死ぬ恐れも無用なのだ。加えて上野介殿は御公儀から見限られたが、越中守は老中首座にして将軍補佐。正面切ってやり合うならば数万の兵を集めねば太刀打ちできぬ大物だ。その莫大な軍資金が我らと手を組むことで省けたと申すに、千両や二千両で四の五のぬかすな」

「千両って、そこまで掛かっちゃおりませんよ……」

「ならば、払わずとも構わぬな」

「そういう長口上《ながこうじょう》は太平記読みのお客相手だけに願いますよ。全くお前さん方ご兄妹にゃ敵《かな》わねぇや」

念を押された新左は苦笑い。毒気も抜かれた様子だった。

「兄は上方《かみがた》で鳴らした木葉刀庵先生、下ったお江戸でも大評判で人目を忍ばにゃ出歩くこともままならねぇんでござんしょう？　妹の咲夜様も引く手あまたで白河十一万石に限らずお大名相手の稼ぎ口には困りますまい。何が面白いんだかちっとも分からねぇが、世の中の殿様連中は源氏物語が好きでしょうがないらしいですしね」

「おぬしは諸行無常を解さぬゆえ、物の道理が分からぬのだ」

「諸行無常ぐらいは知ってまさ。祇園精舎《ぎおんしょうじゃ》の鐘の声、の続きでしょう？」

「身を以て学んでおらねば知っているとは申せまい。ましておぬしのような悪党が盛者必衰の理《ことわり》から逃れるは至難の業だぞ」

「そんな抹香《まっこう》臭えことを言わないでくだせぇよ。坊さんじゃあるめぇに」

悪党を自認する新左もたじたじだった。

しかし、刀庵の説法ならぬ舌鋒は止まらない。

「妹はその坊主になってまで、おぬしの頼みを請けたのだぞ」

「そのことはあたしも悪いと思ってますよ。千代田の御城の奥深くまで入り込むための手だてとはいえ、女の命の黒髪をバッサリ落とさせちまったのは申し訳のねぇことで」

詫び言を述べた後、新左は改めて問いかけた。

「ところで先生、本気で年を越しなさるおつもりですかい」

「それは言葉の綾というものだ。手を組んだ以上はでき得る限り、おぬしの希望にも沿わねばなるまい」

「有難えお言葉ですけど、間に合わせて頂かねぇと話になりませんぜ」

「おぬしら札差衆が危惧しておる奢侈禁令を公儀が発する前《まえ》に……か」

「ご承知だったらもう一度、急《せ》き前でお頼みしやすよ」

新左は膝を揃えて座り直した。

「こいつぁあたしの面子《メンツ》が懸かった仕事なんです。どうあっても越中守には三途《さんず》の川《かわ》を渡って貰わねぇと、門屋の看板を掲げられなくなっちまう」

「大口をたたくから悪いのだ。己を奮い立たせんがために壮語するのは良きことなれど、実《じつ》を伴わねば信用を失うだけだぞ」

「その実が、越中守の命ですよ」

「分かっておる。次善の策は立てて参った」

「ほんとですかい！」

新左は身を乗り出した。

「真だ。妹の話を聞いて思いついた良策だ」

「伺いやしょう」

「こたびの仕損じは茶のせいと申しただろう。その茶を煎じたのは上様付きの小姓だ。風見竜之介と申す直参旗本だ」

「風見っていや、三百石の知行取ですね」

「左様。小姓の役高は五百石なれば二百石は足高だ」

「五百石なら侍二人と中間九人か。それなりの所帯ですね。で、その旗本がどう役に立つんです」

「竜之介は風見の家に婿入りした身。元の姓は、田沼と申す」

「じゃ、主殿頭様のお身内で⁉」

「甥だ。急ぎ調べたところ、父親が末の弟御であらせられた」

「先生と咲夜様にしてみりゃ、下にも置けねぇお方じゃねぇですか？」

「その通りだが、敬意は払えぬ」

「どうしてですかい」

「前職の小納戸も含めて一年余り、越中守に手が届く所にいながら、いまだ意趣返しに及んでおらぬからだ」

「その気がねぇ、ってことでしょうかね」

「真に不甲斐なき奴だ。されど咲夜が見届けたところによると、かなりの剣の手練らしい。その気になれば越中守を討つのも容易い程にな」

「そこまで手練なんですかい」

「咲夜は私に及ばぬまでも腕が立つ。その妹が言うておるのだ」

「そいつぁ頼もしいこったがご当人に殺《や》る気がないんじゃ、いつまで待っても越中守を冥土に送っちゃくれねぇでしょう」

「その殺る気にさせるのだ。泣き所を責めることで……な」

「泣き所、ですかい」

「おぬしの得意とする手口であろう、門屋？」

「そりゃもう。竜之介の人様に言えねぇ内緒ごととか、手放したくねぇお宝を突き止めて、そいつをネタに脅しをかければ為すがままでさ。元より越中守を良く思っちゃいねぇでしょうし、きっかけさえ作ってやれば上手いこと動かせそうですね。はは、あたしにとっても願ったり叶ったりだ」

「泣き所の責め役、引き受けてくれるか」

「承知しやした。元手いらずで手練を使えるんなら万々歳でさ」

新左は満面の笑顔で刀庵に答える。いつもは笑っていない目を更に細めて、幾度も頷く程だった。

と、その目が鋭さを増した。気を失っていた伊織が意識を取り戻し、座敷から逃げ出そうとしていることに気づいたのだ。

元より見逃す刀庵ではない。

「待て。おぬしの狙いはこの大脇差であろうが」

「は、放せ」

「聞かれたとあっては逃がせぬよ。おぬしも直参ならば、風見の家のことを多少は存じておろう。命が惜しくば、役に立つ話をすることだな」

伊織を畳に押さえつけ、耳元で告げる刀庵は無表情。

夕顔の死ぬくだりを語っていた咲夜と同じ、能面のごとき有様だった。

第四章　奪われた希望

一

夜が明けて、三月二日。大奥の雛祭りも二日目だ。

「苦しゅうない、苦しゅうない」

寝所にも飾られた雛壇の下で茂姫と仲睦まじく一夜を過ごし、忠成に刀を持たせて中奥に戻った家斉は、朝から御機嫌だった。

御髪番《おぐしばん》が不覚にも剃り損ねた顎髭を一本、鏡の中に見つけても、

「もそっと深う剃るがよい。男前がより映えるようにな」

さりげなくやり直させ、朝餉では余りの上機嫌にかえって緊張してしまった御膳番の手が震え、御淡汁《おつゅ》が膝の上に数滴こぼれても、

「今日の豆腐は活きが良いらしい。ははは、昨夜の余のごとしだ」

汁の実のせいにして済ませ、短気なはずが一度も怒りを示さない。

登城してきた定信も、いつもとは様子が違った。

「皆の者、昨日は大儀であった」

小姓たちと顔を合わせるなり労をねぎらい、平家蟹のごとく厳めしい顔も今朝は心なしか柔和に見える。

「越中か。そのほうも苦しゅうないぞ」

家斉が明るく呼びかけると、

「上様こそ御気色《みけしき》宜しく、何よりにございまする」

定信はふだんより打ち解けた口調で挨拶をする。

本来ならば常にこうあるべきなのだ。

仲が良いとは言い難いが、この二人は運命共同体。家斉は定信の助言なくしては御政務を行えず、定信の威光は家斉の存在あってのもの。反《そ》りが合わずとも離れるわけにはいかないし、そもそも定信に替わって幕政を主導できる人材は他にいなかった。

その定信が命を狙われたことにより、家斉も思うところがあったのか。

理由はどうあれ、若くわがままな将軍と気難しい老中首座の扱いにいつも手を焼く小姓と小納戸にとっては有難い。

「一安心ですね、先輩」

「うむ」

さりげなく近寄ってきて耳打ちをする十兵衛に、竜之介は事件の解決に手を貸してくれた感謝をこめて微笑みを返した。

二

穏やかな雰囲気のまま家斉の午前中の予定は終わり、無事に当番が明けた小姓たちは引き継ぎを済ませると、全員で揃って中奥を出た。

御城勤めは役職ごとに団体で行動する。

登城したら本丸の玄関内に設けられた下部屋に集合し、全員でまとまって職場に移動。下城の際は逆の順路を辿る。

今日も小姓たちは頭取の頼母を先頭に、一列となって中奥から表に入る。

本丸玄関に至るまでには諸役の用部屋が連なり、どの部屋でも役人たちが黙々と執務中。

老中や若年寄、御側御用取次らが下城する際は敷居際に膝を揃えて丁重に見送りをする一同も、小姓たちのことは一顧《いっこ》だにしない。将軍の御側近くに仕える身でも政に携わる立場に非ず、媚《こ》びを売ったところで何も得られぬと承知しているのだ。

「こやつら、いつもながら生意気だな……」

声を低めて俊作がぼやいた。

目が血走っているのは、不寝番を務めたせいだけではなさそうだ。

「捨て置け、捨て置け。いずれ顎で使うてやるまでよ」

「左様、左様。我らはこれからの身ぞ」

宥《なだ》める英太と雄平は小脇に風呂敷包みを抱えていた。

他の小姓たちも同様で、風呂敷に包んで屋敷に持ち帰るのは昨夜の泊まりで寝汗に濡れた襦袢と下帯。俊作だけは仮眠を取らなかったため、着の身着のままで帰宅することにしたらしい。

中奥に持ち込んだ布団と夜着《よぎ》は容易に持って帰れず、汚れが酷くなるまで置いたままにせざるを得ないが下着はこまめに取り換えて、清潔にするのが小姓の心得。襦袢は丈が腰までの半襦袢を選び、下帯も股間にきっちり締め込む六尺ではなく、両側を紐で結ぶ越中 褌《えっちゅうふんどし》なので嵩張らない。

竜之介は風呂敷包みの他に、頭陀袋と細長い革袋を提げている。

頭陀袋の中身は、茶を煎じる道具一式。革袋には、ひきはだ竹刀。予備も含めて二振りが収められていた。

竜之介の前を歩く忠成も、同様の革袋を提げている。

他の小姓たちは稽古用の道着と袴を干しておく専用の納戸に置いたままにして、汗の臭いが酷くなった道着と袴を洗うついでにしか持ち帰らないが竜之介と忠成は必ず携行し、屋敷で自ら手入れをすると共に、素振りで手に慣らすことを常としていた。

小姓たちの行く手に新番所が見えてきた。

五年前の天明四年三月二十四日、竜之介の従兄弟に当たる田沼意知が佐野政言に襲撃された事件の現場では、今日も五人の新番士が十畳敷きの番所に詰め、人の出入りに油断なく目を光らせているはずだ。

この場所に近づくと、竜之介は思わずにいられない。

武士の刀は私物にして私物に非ず。

いくさ場で敵の首級《しるし》を挙げ、平時には主君に危害を加える者を斬る。

いずれも私情を交えずに、仕える家のためにすることだ。

番士が大脇差を帯びるのも、目的は同じはず。

帯刀を禁じられた殿中で脇差より有利な、刀に匹敵する武具の所持を許可されているのは番士が御城内の警備を役目とし、乱心者が出た際は速やかに取り押さえ、やむを得ぬ場合は討ち取るのが役目であるがゆえのこと。

その役目と備えを、佐野政言は悪用した。

確実に前を通る新番所にて待ち伏せ、大脇差を凶器とし、殿中の常で脇差しか所持していない意知を襲ったのだ。

意知は政言に斬り付けられた時に脇差を抜こうとせず、鞘に納めたままで応戦したという。かの正宗《まさむね》に連なる古刀の名匠である相州貞宗《そうしゅうさだむね》の作を帯前にしていながら、殿中では鞘を払うどころか鯉口も切ってはならない決まりを命の危険に晒されても遵守したのだ。

その意知を政言は襲った。斬り苛《さいな》んだ。死に至らしめた。

許せない。

革袋を提げた右手に思わず力が入り、ひきはだ竹刀が軋《きし》みを上げる。

「大事ないか、風見」

忠成が肩越しに問いかけた。

「いえ、何事もありませぬ」

「ならば良い」

竜之介が平静を装って答えると、それ以上は何も問わず、振り向こうともしなかった。

竜之介は歩みを進めつつ、そっと革袋を持ち直す。

当時のことを思い起こすと、怒りが抑えられなくなってしまう。敬愛した従兄弟の悲劇から五年が経っても、いまだ尽きない怒りであった。

意知襲撃の報を受けた時は怒りで我を見失い、押っ取り刀で屋敷を飛び出そうとしたものだ。非番だった亡き父が兄の清志郎と共に懸命に止めたため思いとどまったが、政言に甘い裁きが下った時には一命に代えても討ち取る覚悟を決めていた。

政言は意知が四月二日に息を引き取ると翌日早々に切腹を命じられ、佐野家は改易《かいえき》された。政言の義兄で当時は書院番を務めていた村上義礼《むらかみよしあや》は父親の不祥事で肩身の狭い立場がさらに悪くなり、政言の凶行を止められなかった同僚の四人の新番士も責めを負わされた。

その新番士の一人の柴伊織は、特に疑惑を持たれた男である。

日頃から政言と親しく、凶器に用いられたのと同じ一竿子忠綱作の大脇差を所持しており、取り調べに興奮して複数の動機を並べ立てた政言が意知の襲撃を実行した真の動機を知っているばかりか、秘かに協力していたのではないかと目《もく》された。

しかし伊織は否認するばかりで埒《らち》が明かず、いずれにしても不届き至極と見なされ、新番組を御役御免とした上で知行取りから蔵米取りに格を下げられることとなった。

幾ら厳しい裁きが下ったところで、死んだ者は生き返らない。

怒りを抱くべきではないと竜之介も分かっている。

武士として自裁した政言をこれ以上責めてはなるまいし、意知を殺害するようにそそのかしたわけでもない身内にまで恨みを抱くのは筋違い。政言と同役の新番士も悪意で意知を見殺しにしたのではなく、思わぬ事態に茫然として動けなかっただけなのだろう。

ただ、柴伊織のことは気にかかる。

政言の真の動機を知っているのならば訊き出したいし、本当に襲撃に協力したのであれば、放ってはおけない。

とはいえ、下手に動けば竜之介も無事では済まないことだろう。

新番士の役高は小姓や小納戸と同じ五百石。

格下げされたとはいえ、伊織も矜持《きょうじ》を持っているはず。旗本として同格の竜之介に詮索《せんさく》されれば面白くないだろうし、ただでさえ小姓は諸役人よりも軽く見られる立場だ。自重しなければ、風見の家名にも差し障る。

いずれにせよ、公儀の裁きは下って久しい。

もはや誰のことも憎んではなるまい。

そう頭では分かっていても、竜之介の怒りは尽きない。

もしも自分が居合わせたなら、意知に傷一つ負わせなかったのに——。


一行は止まることなく足を進め、新番所の前まで来た。

番所の中には五人の新番士。

人並み以上に腕が立つと竜之介は一目で見抜いた。

「さすがは越中守様だな、風見。この者たちが目を光らせておれば、滅多なことは起きまい。山城守様も少しは浮かばれようぞ」

忠成がまた肩越しに告げてくる。竜之介の様子がおかしいのは意知の事件を思い出したせいだと察したらしい。

「左様にござろうな……」

竜之介は静かに答えた。

忠成の言葉は、少々無神経ながらも的を射ていた。

定信は賄賂で役職を得るのを厳しく禁じ、幕閣を構成するお歴々は元より末端の諸役人も能力主義で選び直した。この新番士たちも御城内の警備役としての適性を重々吟味され、御役に就けられたのだろう。

だが、世間の人々は誤解している。

意次は何も賄賂を推奨し、無能な役人を量産したかったわけではない。

定信と同じ能力主義であり、違うのは有能な人材を幅広く世に求め、家柄や格式にこだわらず、登用する方針を採っていたことだ。

しかし有象無象は己の無能さを省みず、手っ取り早く意次の気を惹こうと金品を贈ることを始め、門前に列をなす有様となってしまった。

続々と持ち込まれる賄賂を突き返さず、受け取ることを良しとした意次の対応に、全く問題がなかったとまでは言いきれまい。

しかし意次が幕政を牽引していた当時の江戸が自由な気風に満ち、御府外にも伝わって、大飢饉で恐慌を来《きた》すまで平和だったのは事実である。

当時は元服したばかりだった竜之介も、良き時代であったと思う。

竜之介自身は武芸の修行に明け暮れ、同じ世代の旗本の子弟のごとく遊興に現《うつつ》を抜かすこともなかったが、それで良いと思っていた。

人にはそれぞれ、向き不向きというものがある。

竜之介は武術を学び、腕を磨くのが少年の頃から好きだった。厳しい修行の過程を乗り越えるたびに心と体が鍛えられ、強くなった実感を得ることに無上の喜びを感じていた。聞けば弓香も同じだったという。

だからといって武士が歌舞音曲の稽古に勤《いそ》しみ、あるいは筆を執って狂歌や戯作をものすることを、非難する気はなかった。

「おぬしたち、帰りに寄って参れ。新しい曲を覚《の》えたのでな」

英太と雄平を誘う俊作の声が聞こえる。

近頃凝っているという、三味線の腕を披露するつもりらしい。

「ふん、どうせ下手《へた》の横好きであろう？」

「左様に言うてやるでない。好きこそものの上手《じょうず》なれと申すではないか」

自信満々の俊作を英太は小馬鹿にし、雄平が取りなしている。

この三人は、まさに田沼時代の申し子だ。

だが、それでいいと竜之介は思う。

俊作らは、小姓の役目がきちんと務まっている。元より将軍家には及ばぬまでもご大身の御曹司として生まれ育ち、家斉が気分を害さぬ、折り目正しい立ち居振る舞いを心得ている。これもまた、立派な才と言えるだろう。

全ての武士が武術の素質を持って生まれるわけではなく、商人の子ならば誰もが算《さん》勘《かん》の才に恵まれているわけでもない。

清志郎と竜之介のごとく、兄と弟でも天与《てんよ》の才とは異なるものだ。

竜之介と弓香の子である虎和も、両親と同じに育つとは限るまい。

武術よりも学問に向いているのかもしれないし、あるいは十兵衛のように動物の世話をすることに長《た》けているかもしれない。

風見家が代々務めた小納戸は、幅広い才能が活かせる役職だ。将軍の身の回りの世話をするのに役立てば、髪結いや料理でもいいのだ。

我が子の才を見出して、磨きをかけるのを促すことこそ親の務め。

十兵衛に剣術修行を無理強いし、要らぬ苦労をさせた父親の轍《てつ》を踏んではなるまい。

竜之介はそう心に決め、弓香にも承知してもらっていた。

今の竜之介は、あくまで風見家の婿。

田沼の一族としての役目は、清志郎に担ってもらわなくてはならない。

できるのは、それを支援することのみ。

その助けとなるためには、小姓として信頼を勝ち取る必要がある。

家斉だけではなく、定信からもである。

定信は竜之介を毒殺犯と疑ってのこととはいえ、

『主殿頭の尻尾』

と面罵《めんば》する程、意次に対する怒りがいまだ失せていない。疑いこそ晴れたものの役目の上で何か落ち度があれば、同じ罵倒を同僚たちの前で浴びせられることだろう。

田沼の一族である竜之介の立場は、小納戸の職を代々務めてきた風見家の婿となり、小姓に昇進しても不安定。腐ることなく精勤し、定信との関係も改善されるように努力し続けるより他にあるまい。

難儀なことだが、後ろ向きになってはいけない。

人は生きていればこそ、現状を変えるために行動できる。

命を落とせば何もできず、汚名を自ら挽回することも叶わない。

死者が遺した汚名を雪《そそ》ぐのは縁故ある生者の役目。死してなお悪しざまに言われ続ける意次と意知のことも、放っておいてはなるまい――。

そんなことを考えつつ、竜之介は亡き従兄弟に胸の内で祈りを捧げる。

竜之介が知る意知は若くして出世を重ねながらも驕ったところのない、尊敬に値する人物であった。

三

小姓たちは玄関内の下部屋《したべや》に到着した。

集合と解散の場である下部屋には、全員の刀と挟箱が保管されている。

「いやはや、長い一日だったのう」

俊作がしみじみと呟いた。

「大いに肝を冷やしたが、無事に明けて何よりだったな」

「くわばら、くわばら」

英太と雄平も安堵した様子で頷きつつ挟箱の蓋を開け、抱えてきた襦袢と下帯の包みを放り込む。

他の小姓たちも、それぞれ荷物を整理に取りかかっていた。

竜之介は風呂敷を拡げ、頭陀袋を真ん中に置いて包み直す。頭陀袋の中に収めた大小の急須と茶碗が屋敷に運ぶ途中で割れてしまうのを防ぐためだ。

「風見」

荷物の整理を終えたところに、頼母が声をかけてきた。

「おぬし、山城守様の命日には墓参を致すのか？」

「は……常のごとく、前の日に参ろうかと」

「前の日とな」

「それがしは婿に入りし身にございますれば……」

思わぬ頼母の問いかけに戸惑いながらも、竜之介はそう答えた。

田沼の宗家の法事は意次から家督を継ぎ、陸奥下村《むつしもむら》一万石の大名となった孫の意明《おきあき》が営んでいる。

石高を削られた上に遠州相良から国替えされたものの、意明はいまだ下村への入国を許されずに江戸定府扱いとなっているため、法要は先々代の意行が旗本に取り立てられて以来、代々の墓所としてきた駒込《こまごめ》の勝林寺《しょうりんじ》にて催されるが、今年は誰の年忌《ねんき》もないはずだった。

昨年に亡くなった意次は三回忌を迎えるが、命日の七月二十四日にはまだ間《ま》がある。

先々代の意行は享保《きょうほう》十九年の十二月十八日が命日で故人の供養の節目とされる五十年忌は既に済んでいた。

意知は来年で七回忌のため、命日の四月二日も墓参のみとなるが、竜之介は元より宗家の冠婚葬祭に出席するのを遠慮しており、年忌も兄の清志郎に任せた上で、日にちをずらして秘かに拝みに行く。他の家へ養子に入った身なれば、ということを理由にしていたが、実のところは宗家のためにいまだ何もできない、我が身の無力を恥じてのことであった。

「遠慮が多くて難儀だの」

竜之介の答えを勘繰ることなく、頼母は言った。

「田沼の姓だった頃も部屋住みなれば、法事の席は肩身が狭《せも》うございましたので……今も恥を忍んで参るばかりにございまする」

「故人に誠が通じれば構うまい」

本音を交えて呟く竜之介に、頼母は気づかうように告げた。

「相分かった。おぬしが前日に参るのならば、わしは前々日と致そう」

「恐れ入りまする」

謝意を述べた上で、竜之介は頼母に問いかけた。

「頭取《とうどり》様、また何故にお参りくださるのでございまするか？」

「当然であろう。主殿頭様が小姓を務めておられた頃、何くれとなく面倒を看て頂いたからの」

何を今さら、といった風に頼母は答えた。

「山城守様も小姓ご支配の若年寄であらせられたゆえ、わしが礼を尽くすのは当たり前ぞ。おぬしが配下となったことも、墓前にてご報告申し上げねばの」

恩着せがましさのない、ごく自然な口ぶりだった。

「痛み入りまする」

竜之介は重ねて頼母に頭を下げた。

他の小姓たちは余計な口を挟まない。いつもであれば聞こえよがしに嫌みを言う俊作らも、素知らぬ顔で帰り支度をしていた。

田沼意次とその一族に対する世間の風当たりはいまだ強く、大名にも旗本にも肩を持つ者など殆どいない。

小姓たちも以前はそうだった。

御大身の出である彼らにとって、意次は成り上がりでしかない。分をわきまえずに絶大な権力を握って幕府を牛耳《ぎゅうじ》り、好き勝手をした末に没落したに過ぎず、謹慎に処されたまま孤独な最期を遂げたのも、自業自得としか見なしていなかった。

その成り上がりの甥という竜之介が同役の小姓となった時、一同が嫌悪の念と敵意を露《あら》わにしたのも無理はあるまい。格下の小納戸を務めていた時でさえ目障りだったというのに、分をわきまえぬのは伯父譲りだと呆れもしたものだった。

だが、今は違う。

同じ役目をこなす日々の中、竜之介が伯父の恩恵に与《あずか》り、気楽に過ごしてきただけの愚か者ではないと分かったからだ。

小姓たちが真っ先に目を付ける行儀作法は付け焼刃とは思えぬ程、きちんと身についている。とりわけ右手による所作《しょさ》は丁寧で、短気な家斉から遅いと叱りを受けない範囲ぎりぎりという絶妙さ。

特技である煎じ茶を供する手つきは、まさに繊細そのものだ。

その繊細さは、忠成以外の小姓はお手上げだった家斉の稽古相手を務める際にも見受けられる。

ひきはだ竹刀を力《りき》むことなく繰り出す、竜之介の右手の加減は精緻。

それでいて遠心力を生む左手の握りは力強く、打たれた時の衝撃はずしりと重い。

たとえ成り上がりの身内だろうと、実力は認めるべきだ。

その実力を自慢して憚《はばか》らない手合いならば話は別だが、竜之介は謙虚。

同時に、媚びへつらうこともない。

わざとではなく、自然にそう振る舞っている。

自然体であるがゆえ、接しても不快にはならない。

義理の父親が田沼派の老中だった忠成は抜きん出た容姿と剣の技量、今は無役でも大名の家の跡継ぎという立場であるため、他人の誹《そし》りを寄せ付けないが、とっつきにくいのも事実である。

その点、竜之介は態度に加えて童顔なのも親しみやすい。

そんな竜之介は、今や小姓たちに欠かせぬ存在。

そうでなければ、俊作が不寝番を代わると言い出すはずがあるまい。

殊更《ことさら》に口にはしないが昨日の事件が無事解決し、竜之介の疑いが晴れたことに全員が安堵していた。

小姓たちが下部屋を出ると、中間《ちゅうげん》がずらりと控えていた。

あるじの履物を預かり、挟箱を運搬するために大手門から本丸玄関までの立ち入りを許された、草履取りと挟箱持ちだ。

「お疲れ様にございやす、殿様」

「ちょいとお待ちくだせぇまし」

それぞれ仕える小姓のために草履を並べ、挟箱を担ぎ上げる。

紺看板《こんかんばん》と呼ばれる膝丈の法被《はっぴ》に締めた帯の後ろに木刀を差し、毛脛《けずね》を剝き出しにした装いは同じだが、むくつけき中間たちの中で風見家の文三と瓜五は目立っている。

文三は風采こそ上がらぬものの目端が利き、瓜五は抜きん出た二枚目だからだ。

「お鼻緒が少々緩んでおりましたんで、お待ち申し上げている間に挿《す》げ替えさせて頂きやした。どうぞ殿様、お試しくだせぇまし」

文三が揃えてくれた草履を竜之介がすんなり履くと、

「参りやしょう」

瓜五は甘い顔立ちにそぐわぬ力強さで、挟箱を軽々と担ぎ上げる。

「大儀」

二人の労をねぎらうと、竜之介は部屋を後にした。

他の小姓に仕える中間たちは、まだ支度が終わっていない。

頼母の草履取りと挟箱持ちは、あるじよりも年が上のようだった。

「殿様ぁ、こちらもお鼻緒が緩んどりますなぁ」

「真か？　早う治せ」

「へーい、ただいま」

言葉ばかりか手つきものんびりしている草履持ちの傍らでは、挟箱持ちが担ぎ上げるのに一苦労。

「すまんのう若い衆、ちょいと手伝うてくれい」

「またかい、とっつあん」

「毎度毎度、懲《こ》りねぇなぁ」

「その年で中間奉公でもねぇだろう。いい加減に隠居しなよ」

呆れながらも手を貸した三人の中間は、俊作らに仕える草履取りだ。

御大身の家ならば中間も上品というわけではないらしく、見た目も口ぶりも伝法《でんぽう》だが、年寄りを邪険《じゃけん》にしない分別は持ち合わせていた。

四

本丸玄関を出た竜之介は、文三と瓜五を連れて大手門へと向かった。

他のお供の面々は当番が明ける時刻に合わせ、門を出た先の下馬札《げばふだ》の前で待っていた。愛馬の疾風も一緒である。

左吉と右吉に付き添われ、疾風が陽光に煌めかせるのは見事な栗毛。

たてがみと尾だけは白い、尾花栗毛《おばくりげ》と呼ばれる種だ。

「ぶるっ」

明るい日差しに映える白毛を震わせて、疾風が竜之介に寄っていく。

長い顔を擦り付けながらも、両肩に張りを保つための鯨《くじら》のひげが仕込まれた肩衣を壊すことはしない。

「はは、おぬしは大人になっても甘えん坊だな」

笑顔で告げる竜之介は馬が喋らずとも人の言葉を聞いており、理解できることを知っていた。

「帰りの道も、しかと頼むぞ」

疾風の肩を優しく叩き、左吉が差し出す手綱を受け取る。

ひらりと跨る鞍は木製。装飾を排した地味な外見ながら前輪《まえわ》と後輪《しずわ》、居木《いぎ》という三つの部品を組み合わせた造りは頑丈で動きやすく、座りやすい。鞍の下には厚手の布が敷かれ、馬の背中を痛めぬ配慮がされていた。

「出立！」

供侍を務める彦馬の号令で、一行は歩き出す。

馬上の竜之介は背筋が自然に伸びた、小兵《こひょう》ながら堂々たるもの。後に従う中間たちが惚れ惚れする程、その姿は決まっていた。

「さすがうちの殿様だ。いつもながらいい乗りっぷりでいらっしゃる。そう思うだろ鉄兄い？」

草履取りの文三がお調子者らしく同意を促すと、

「ああ……」

槍持ちの鉄二が巌《いわお》のような顔を前に向けたまま、言葉少なに頷いた。

「殿様も大したもんだが疾風も負けちゃいないやな。千石取りのご大身でもこれほどの名馬は滅多にいねぇだろうよ」

挟箱持ちの瓜五が端整な顔に笑みを浮かべて言い添えれば、

「全くですぜ兄い。馬は乗り手を選ぶって言いやすからね。俺たちにはちっとも懐きませんけど、殿様のお手にかかりゃ大人しいもんでさ」

長柄傘持ちの勘六がぺらぺらと、他人には毒舌しか吐かない口で兄貴分と慕う瓜五に追従《ついしょう》する。

そんな古株の中間たちのやり取りを耳にして、口取りを務める左吉と右吉は無言で微笑を交わす。疾風のことも褒められたのが嬉しいのだ。

疾風は今年で四歳。壮馬と呼ばれる大人の仲間入りをしたばかり。仔馬の頃から気性が荒く、満足に乗りこなせる者は誰もいなかった。

太平の世で荒馬は好まれない。毛並みの良さにだけ目を付けた武家にでも買われていれば、下手な乗り手の多くがそうするように両脚の腱《けん》を切られてしまい、緩やかにしか走れぬ体にされていたことだろう。

乗り手を選ぶ疾風にとって、竜之介は申し分のないあるじだった。

亡き田沼意次が剣術と同様に才を認め、入門させた馬術は大坪流《おおつぼりゆう》。

剣術と同様に一流の環境で基礎から学び、荒馬を自在に乗りこなせる域に達した後も修行を重ね、疾駆しながら敵の首を射落とす弓の技と、馬首を傷つけずに鞘を払い、抜き打ちにする剣の技まで竜之介は会得した。

いずれも馬が軍用として人に飼われ始めたのに伴って編み出された、合戦のための技である。使い手は弓と刀の扱いだけではなく、共に戦う馬を武具に慣れさせることも考慮しなければならない。

竜之介はこの一年、非番の多くの時間を馬場へ通うのに費やし、人と一体となってこそ真価を発揮する、弓射と抜刀の感覚を疾風に覚えさせてきた。

馬を飼うのは、将軍家に危機が訪れた時に騎馬武者となって戦うため。

多くの旗本が忘れ去った本来の使命を、竜之介は常に心がけている。

願わくば疾風には寿命の二十歳まで生き長らえてほしいが、竜之介の許に来た以上、軍馬の役目を果たすのが本懐。その日がいつ訪れても動じまいと左吉と右吉は共に心に決めていた。

それにしても、いい陽気である。

「桜も今が見ごろだよなぁ」

爽やかな日差しの下を歩きながら、ふと瓜五が呟いた。

「全くでさ。葉桜になっちまう前に花見酒としゃれ込みてぇもんですね」

間髪を容れず勘六が応じた。

「桜なら、お屋敷にある……」

「その通りだぜ。瓜の字も勘の字も贅沢言うない」

鉄二がぼそりと呟き、文三も足を止めることなく釘を刺す。

三十を過ぎて久しい二人と違って、まだ二十代の瓜五と勘六はいまだ遊び足りない年だが、中間には勝手な外出が許されない。あるじの供をするだけではなく、屋敷でさまざまな雑用をこなすのも大事な役目だからだ。

風見家には左吉と右吉の兄弟と共に奉公した茂七がいるものの、古株の面々が怠けていては示しがつくまい。

「分かってますよ。ちょいと言ってみただけですって」

「すんません、兄さん方」

年嵩の二人に瓜五が詫びれば、毒舌の勘六もすかさず謝る。

自ずと調和が取れている中間たちに、彦馬も権平もいちいちうるさいことは言わず、素知らぬ顔で歩いていた。

賑々しくも奉公の手は抜かない一同を従えて、竜之介は進み行く。

家来の振る舞いを見れば、主君のこともおおよそ分かる。

竜之介は殊更に武張ることなく、一家の当主の威厳を示していた。

五

御堀端を離れて神田《かんだ》に入ると、行く手の左右は町人地だ。

竜之介は常のごとく、疾風の脚の運びを緩めた。

大小の細工物に染め物と、さまざまな職人たちが暮らす神田の町には浪人が営む武芸の稽古場も数多い。

竜之介の兄の清志郎が長男を通わせているのも、この辺りの町道場のはずである。

「む……」

竜之介が声を上げるや、おもむろに疾風の歩みを止めた。

何か見過ごせぬものを目にしたのか。

左吉と右吉は阿吽《あうん》の呼吸で疾風を押さえる。

竜之介が路上に降り立った。

足を向けたのは、河岸沿いの小さな社《やしろ》。

こぢんまりした境内では、少年の一団が喧嘩をしていた。

お参りする者が絶えて久しい拝殿の傍らには、竹刀と防具、畳んだ道着が幾組も放り出されている。撃剣を教える町道場の弟子同士の喧嘩らしい。

「この野郎！」

「落ちぶれ田沼のくせに生意気だぞっ」

口々に声を荒らげながら拳を振るう少年の数は五人。

まだ月代を剃っていない前髪立ちである。全員が袴を穿き、脇差を帯びているので武家の子と分かるが、身なりは一様にみすぼらしく、脇差の拵えも安っぽい。我が子の身なりを調えてやるのもままならない、貧乏御家人の倅と察しがついた。

「遠慮は無用だ！　懲らしめてやれ!!」

声を張り上げて命じる頭目は、日に焼けた顔ににきびが目立つ。がっちりした体つきで、背丈も御家人の倅たちより高い。着物も袴も古びてはいたが上物《じょうもの》で、多勢を相手に孤軍奮闘する小柄な少年と同じ、旗本の子弟と見受けられた。

「ははは。ちび助め、いい気味だ」

劣勢の相手を嘲《あざけ》る、頭目の声は勝ち誇っている。

しかし小柄な少年も負けてはいない。

足払いで一人を転ばせ、その隙に次の相手に組みついていく。

体こそ小さいが、腰がしっかりと据わっている。

しかし、相手の数が多すぎた。

「この野郎っ」

「それ！」

二人が続けざまに足下を蹴って跳び、少年の腰にしがみつく。

思わず重心を崩した機を逃さず、さらに一人が跳びついた。

三人がかりで押さえられてしまってはどうにもならない。

仰向けに転がされたところに、頭目の少年が近づいていく。

「勝負あったな、田沼」

少年は馬乗りになり、ぐんと拳を振り上げる。

その瞬間、竜之介の声が飛んだ。

「刀取る身で卑怯な真似をするでない」

張り上げずとも、腹の底まで響く声。

御家人の倅たちは立ち尽くし、頭目の少年も拳を振り下ろせなくなった。

「しっかりせい、忠《ただし》」

歩み寄った竜之介は、倒れたままの少年に呼びかける。

「お、叔父上……」

つぶらな瞳で竜之介を見上げる、小柄な少年の名は田沼忠。

神田岩本町《いわもとちょう》の屋敷で暮らす二百石取りの直参旗本、田沼清志郎の長男で竜之介にとっては甥に当たる。

今年で十二歳になる忠は、近所の町道場に通っている。

今や元服済みの兄弟子《でし》から一本取れる程の腕前だったが、今の喧嘩は相手が多すぎた。稽古での勝ち負けが糸を引いてのことだとしても、六対一とはやりすぎだ。

「腕白盛りに喧嘩をするなとは申すまい。されど多勢で一人を痛め付けるは武士の所業に非ず。卑怯者の誹りを受けるも当然と知ることだ」

穏やかな声で道理を説かれ、御家人の倅たちは下を向く。

しかし、頭目の少年は黙っていなかった。

「風見……いえ、田沼竜之介様、子供の喧嘩に大人が入るのも卑怯なのではないでしょうか」

にきび面を臆することなく前に向け、竜之介に文句をつける態度にもはや怯《ひる》みはなかった。

「分かっておるとも。私の出番はここまでだ」

竜之介は怒ることなく、名も知らぬ少年に答えた。相手の方は竜之介の顔を見知っていたらしいが、会った覚えはない。

「邪魔は致さぬゆえ、決着はおぬしと忠が一対一でつけるがいい」

「叔父上?」

忠が戸惑った声を上げた。

「遺恨は残さば増すものだ。余さず晴らすことが肝心ぞ」

「さすが殿様、いいことを仰せになられますねぇ」

竜之介の言葉を受けて、文三がしゃしゃり出た。

他の中間たちも竜之介の後を追い、境内に足を踏み入れていた。

左吉と右吉は疾風に付き添い、彦馬と権平も鳥居の向こうに立っている。いずれも慌てず、事の成り行きを見守っていた。

竜之介は拝殿の前に立った。

御神体を背にしても角度をずらし、尻は向けない。

「瓜五、竹刀を持て」

「へい」

竜之介の命《めい》を受けた瓜五は、担いでいた挟箱を石畳の端に置く。

手に取ったのは、担ぎ棒に結んでいた革袋。

「そなたたちも荷を降ろすがいい」

「御免なさいやし」

竜之介の許しが出るや、勘六が長柄傘を石畳に横たえた。

鉄二も無言で竜之介に一礼すると素槍を下ろし、穂先に被せた鞘が外れぬように気をつけながら拝殿の壁に立てかけた。

その間に、瓜五は竜之介に歩み寄っていく。

「大儀」

竜之介は革袋を受け取り、口紐を解く。

二振りのひきはだ竹刀が現れた。

竜之介は子供たちを呼び集め、忠と頭目の少年にひきはだ竹刀を一振りずつ握らせた。

「おぬしたち、参れ」

「初めて目にするやもしれぬが、これは新陰流の打物だ。日頃おぬしたちが使うておる竹刀と違うて柔らかく、しなりも大きい。素面素小手で打たれても怪我をするには及ばぬゆえ、大事はない」

「存じております。五年前まで柳生様の道場に通うていたので」

少年が口を挟んだ。傍らで見守る御家人の伜たちが固唾を呑む中、負けん気の強そうな顔を竜之介に向けている。

「五年前とな」

竜之介は怪訝そうに問い返した。

「はい。父が新番組を御役御免になったのです。山城守様を見殺しにしたとのお咎めで」

「……おぬし、名は?」

まじまじと少年の顔を見つめて、竜之介は問う。

「柴伊織が一子、信一郎《しんいちろう》」

毅然と名乗った少年を前にして、竜之介は絶句する。

空《から》になった革袋を握る手に力がこもる。

この少年の父親こそ、意知を殺した男の片割れ——。

六

「殿様」

絶句したままの竜之介に文三が歩み寄ってきた。鉄二も一緒である。

やむを得ず、少年と忠は脇に退《ど》く。

少年は忠がじっと向ける視線を外し、不快げにそっぽを向いていた。

文三が竜之介の前に来た。

「お預かり致しやす」

石畳に膝をつき、両手を差し出す。

「う、うむ」

竜之介は摑み締めていた革袋を手渡した。

受け取った文三は手早く袋を畳み、左手に持つ。

「おや？」

文三が怪訝な顔になった。

視線を下げた弾みで、何かが目に映ったらしい。

「殿様、妙なとこに子供がいますぜ」

「子供だと？」

「あちらでございやす」

文三が空いた右手で縁の下を指さした。

常駐する神主《かんぬし》もいない、半ば朽ちた拝殿の下に何者かが隠れていたのだ。

「おーい、何もしねぇから出てきなよ」

呼びかけに応じて姿を現したのは、二人の少年。

蓬髪弊衣《ほうはつへいい》で垢《あか》まみれ。一目《ひとめ》で無宿人《むしゅくにん》と分かる外見だ。

信一郎と同い年ぐらいの少年と、まだ幼げな男の子。共に頰を腫らしている。二人の背中の陰からおずおずと顔を見せたのは少し年嵩の、みすぼらしい身なりながらも目鼻立ちの整った少女だった。

合わせて三人の少年少女が縁の下から出てくるや、御家人の伜たちが一斉に俯いた。

明らかに挙動が怪しい。

「坊ちゃん方、あの子たちをいじめてたんですかい?」

真っ先に問い質《ただ》したのは、竜之介の側に控えていた瓜五。

色白の美男子ながら、瓜五は眼力が強い。

その迫力に圧倒され、御家人の伜たちは黙って頷く。

「それで忠様が止めに入りなすったわけですね、兄い」

すかさず勘六が口を挟んだ。

同じ神田に屋敷がある清志郎の田沼家と風見家は、日頃から親戚付き合いをしている。中間たちも使いに出向くため、全員が忠を知っていた。

「いけやせんね坊ちゃん方。無宿人の取り締まりは町方役人の役目。お武家だったら誰でも手を出していいわけじゃありやせん。そもそも弱い者いじめなんぞは人間のくずがやるこった。学のねぇおいらたちでも知ってることをご存じなかったんですかい?」

御家人の伜たちをじろりと見据えて、勘六は告げる。

垂れ目ながら腫れぼったい瞼の下から向ける視線には凄みがあり、瓜五の眼力で怯んだところに追い打ちをかけるには十分であった。

「わ、悪いのはそいつらだよ」

くず呼ばわりに耐えかねたのか、御家人の倅の一人が勘六に言い返した。

「このお社に勝手に住み着いて、自身番に追っ払われても戻ってきて、近頃はご神域で火まで焚いてやがる。火事になったらどうすんだ！」

「だからって、娘っ子に悪さをしていいって法はありやせんぜ」

勘六が毒舌を叩くより早く、反論を封じたのは瓜五。

「いじめが人間のくずのすることなら、手ごめは男のくずのやるこった。お前さん方のお父上は、恐れ多くも上様のご直臣でござんしょう。あっしら下々《しもじも》のもんに手本を示す、立派なご身分じゃねぇんですかい？」

瓜五が説教をしている間に、文三は無宿人の少年たちに話しかけていた。

「お前たち、その娘っ子を庇って殴られたんだろ」

二人の少年は答えない。

紅《こう》一点の少女は横を向き、恥ずかしそうに顔を伏せていた。

よく見れば、ぼろぼろの着物の襟と裾が乱れている。

いち早く瓜五が察した通りであるらしい。

「六、文三兄ぃを手伝ってきな」

「へい」

　瓜五に命じられた勘六が駆けていく。

　代わって鉄二が前に進み出た。

　力士さながらの巨体に迫られ、御家人の伜たちは一斉に後ずさる。

　立場を逆転されたことを思い知り、声も出ない。

　信一郎と御家人の伜たちが悪いと分かった以上、もはや竜之介も決着を付けさせるどころではなかった。

　竜之介は忠に向き直る。

「おぬし、この子らを助けようとしたのか」

「……はい」

「なぜ、それを先に申さぬのだ」

「……友の恥になるから、でございまする」

「友、か」

　竜之介は信一郎に視線を戻した。

「忠は左様に申しておるが、何ぞ言うことはあるか」

険しい声で問われたのに対する少年の答えは、

「お高く留まるな、落ちぶれ田沼！」

憎まれ口と共に石畳に叩きつけた、ひきはだ竹刀の虚しい響きだった。

「信一郎っ」

忠が呼び止めるのも聞かずに信一郎は自分の竹刀だけを拾い上げ、防具と道着を担いで駆け出した。

彦馬らが立っている表の鳥居を避け、裏から逃げるつもりらしい。

「あ、くずの大将が！」

勘六が慌てて声を上げた。

「追いやすかい、殿様」

文三が竜之介に期待を込めて問いかける。

腕っ節こそ他の中間たちに及ばぬ文三だが、駆け足の速さは一番。

一声命じられれば即座に駆け出す体勢を取っていたが、竜之介は、

「捨て置け」

と告げたのみ。

信一郎の姿は見る間に遠ざかっていった。

七

「あーあ、行っちまったよ」

文三が残念そうに呟いた。

「今は何を言うたところで聞く耳を持つまい。それよりも無宿の子らの手当てをしてやれ」

竜之介は重ねて文三に命じると、石畳に転がったままにされていたひきはだ竹刀に目を向けた。

手を伸ばすより早く拾い上げたのは忠。

まだ大人になりきっていない、小さな手のひらで埃を払う。

自分が借りたひきはだ竹刀も粗末に扱わず、転がぬように手ぬぐいを畳んで押さえにした上で、拝殿の縁に横たえていた。

「申し訳ありません叔父上。せっかくのお取り計らいを無駄にして」

「左様な顔を致すでない」

竜之介の声にもはや怒りの響きはない。

「おぬしが友と申すのならば、私もあの少年を信じることに致そう」

「叔父上、それでは？」

「後は任せる。おぬしらだけで仲直りできるな」

「はいっ」

元気に答えた忠の手から、竜之介はひきはだ竹刀を受け取った。

彦馬と権平が境内に入ってきた。

「親御たちに知らせまするか、殿」

彦馬が声を潜めて問いかける。

「そこまでせずとも良かろう。頃合いを見計ろうて帰してやれ」

彦馬に答える竜之介の視線の先では、まだ瓜五が説教を続けていた。

「そうかい、そうかい。みんなして追いかけ回して、着物の裾をまくってただけなのかい。だけどな、お前さん方はいたずらのつもりだったとしても嫌がる相手にしちゃいけねぇし、女は怒らせると怖えぞ。扱い方を間違えると菩薩《ぼさつ》が夜叉《やしゃ》に、お姫様が大うわばみになっちまう。そこんとこを上手くやるのが男の手練手管《てれんてくだ》ってやつでな、俺がお前さん方の年の頃にゃ好色一代男の世之介《よのすけ》も目じゃねぇぐれぇに……」

車座の真ん中であぐらを掻き、口の利き方もいつの間にか偉そうなものに変わっていたが、今や御家人の伜たちは反論するどころか興味津々《しんしん》。

瓜五の女談義には真実味がある。風采の上がらぬ文三あたりが同じ調子で説教をしても嘘八百と思われて失笑を買うだけだろうが、役者顔負けの男前に実感をこめて言われれば真理と認め、納得するより他にない。

瓜五の後ろでは鉄二が太い諸腕を組んで立ったまま、弟分の色男の話にいちいち頷いていた。

鉄二は剛力の持ち主ながら性格は温厚そのもの。最初は怯えていた御家人の伜たちも馴染んだらしく、一緒になって頷く者もいる。

文三は勘六と共に、無宿人の少年たちの手当てをしていた。

「ほら、じっとしてな」

「こいつぁガマの油ん中でも上《じょう》もんだ。有難く思えよ、坊ず」

手持ちの膏薬《こうやく》を傷口にせっせと塗りたくる二人の傍らでは、権平が少女の着物の乱れを直してやっていた。

権平は鉄二にも増して口数が少ないが、日頃から気配り上手だ。

屋敷では持ち場の片番所を守りつつ、手が足りない仕事があれば言われる前に進んで手伝う。風見家が近隣の旗本と交代で受け持つ辻番所では得意の棒術で曲者に対処する一方、他の辻番が持て余す迷子や捨て子、行き倒れの世話も厭《いと》わない。その誠意は初めて会った少女にも伝わったらしく、嫌がる素振りは失せていた。

八

少年少女が落ち着くのを待って、竜之介は歩み寄った。

「そなたたち、この社を根城《ねじろ》にしておるのか」

並より小柄な竜之介は、三人と背丈がさほど変わらない。殊更に腰をかがめることなく、自然に目の高さを合わせて話をしていた。

「根城って大袈裟だな。ここはただのねぐらだい」

年嵩の少年が、ぶっきらぼうに答えた。年下の方の少年は勘六から貰った干し柿を嬉しそうに齧《かじ》っている。

「左様なことはあるまい。男が陣を張る所は全て城だぞ」

気を悪くしたふうもなく、竜之介は言った。

「陣だの城だのって、いくさでもあるまいに……そもそもおいらは、お武家じゃないよ」

ぶっきらぼうな少年は、それなりに言葉を知っている。無宿人となるまでは真っ当な暮らしを送り、読み書きも学んでいたのだろう。

「私は風見竜之介《りゅうた》だ。そなたたち、名は？」

「……留太」

「末松《すえまつ》だよ」

「あたいは、りん」

留太は十三で末松は八つ、りんは十五とのことである。同じ村の生まれで、年貢が納められずに逃散《ちょうさん》した村人一同で江戸を目指したものの次々に行き倒れ、たどり着けたのは留太たちだけだったという。

「食べるものはどうやって手に入れておるのだ」

「盗んだりはしちゃいないよ。物乞いしても貰いは少ないし、ここんとこは魚のあらや菜っ葉くずを拾ったり、米俵を運んだ後にこぼれたのを集めたり……銭がある時は、飯屋や煮売屋の残り物を安く売ってもらってる」

「米を拾うのはおいらの役目なんだよ。大人は荷運びのおっかないおじさんにすぐ追っ払われちまうし、留ちゃんでもだめだけど、おいらはちびだから見逃してくれるんだ」

留太の説明に、干し柿を食べ終えた末松が元気に言い添えた。

そんな暮らしを二年も続けているらしい。

日々の食さえ足りていれば末松も年相応に育ったのだろうが、幼く見えるのが痛々しい。できれば屋敷に連れ帰って食事をさせ、風呂にも入れてやりたいが、旗本が無宿人の世話をしては世間体に差し障る。

「松井」

竜之介は彦馬に一声かけて歩き出す。

若いあるじが何を考えたのか、彦馬は早々に察したらしい。竜之介の後に続いて拝殿の裏に来た時には、懐から取り出した紙入れを手にしていた。

「……このぐらいでいかがでございまするか、殿」

「……もう一声、何とかならぬか」

彦馬が拡げた紙入れの中を見ながら、主従は声を潜めて言葉を交わす。

大名は元より旗本も基本的には現金を持ち歩かず、外出した時の支払いは同行させた用人に一任する。その点は竜之介も同じであり、施しをするにも相談が必要であった。

「……これがぎりぎりでございまする」

「……よかろう」

同意を示した竜之介から離れると、彦馬は中間たちを呼び集めた。豆板金《まめいたきん》をそのまま渡しても留太たちが持っていれば盗んだと怪しまれるので、一同の持ち合わせの銭を集め、両替をするためであった。

「ご用人様、そいつぁ水臭いんじゃありやせんかい？　殿様にお宝出させて、おいらたちは両替するだけじゃ、お屋敷に帰ってからカシラにどやされちまいまさ」

話を聞いた文三がそう言い出すと、

「その通りでさ。貧者の一灯《いっとう》ってのを出させてくだせぇよ」

と瓜五も笑顔で告げる。

「おいらは元よりそのつもりですぜ、兄い」

すかさず勘六が首から提げた巾着を引っ張り出すと、鉄二が腹掛けの丼《どんぶり》に手を突っ込む。いつの間にか中間たちの輪に加わっていた権平も、無言で懐から紙入れを取り出した。

拝殿の前で待たされたままの留太たちは、訳が分からずに戸惑っている。

程なく彦馬が歩み寄ってきた。

「殿の思《おぼ》し召しと我らの寸志だ。遠慮のう受け取るがいい」

「えっ？」

「そんなの貰えないよう」

彦馬の手のひらに山盛りの銭を前にして、留太と末松は当惑するばかり。

りんも目を見開きながら、手を出しかねていた。

「重いゆえ、早う収めよ」

重ねて彦馬が勧めても、誰も手を出そうとしない。

助け舟を出したのは、留太たちと共に待っていた忠であった。

「頂戴しなよ。情けは人のためならず、なんだから」

「どういうことだい」

留太が忠に問いかけた。

「困った人を助けるのは、いつか自分が困った時にも助けてもらえることになる。そういう意味だよ」

「お互い様、っていうことかい？」

「うん。そう思ってくれればいい」

末松の無邪気な問いかけに、忠は笑顔で答えた。

「……頂戴します」

黙っていたりんが、彦馬の前に進み出た。

ぼろぼろの手ぬぐいを拡げ、押し頂いた銭を大事そうに包む。

「そなた、己を粗末にしてはいかんぞ」

「ありがとうございます」

さりげなく告げた彦馬にりんは重ねて頭を下げる。

男の子たちとは違って垢じみておらず、痩せぎみながらも年頃の娘らしい実りのある体つきだった。

留太たちと別れた竜之介と忠は、表鳥居を潜って御神域を後にした。

「叔父上、ご雑作をおかけ致しました」

「大事ない。これからは一人で無茶をするでないぞ」

「はい」

竜之介に笑顔で頷き、忠は背中を向けて歩き出す。

「いい甥御様でございやすねぇ殿様。おりんちゃんに後ろ暗いとこがあるのが分かっていて悪ガキどもをけしかけやがった、信一郎とは大違いでさ」

去り行く姿を見送りながら、文三が馬上の竜之介に向かって告げる。

「生半可《なまはんか》に同情するわけにゃ参りやせんが、かわいそうなこってすね」

「うむ……」

竜之介は言葉少なに頷くのみ。

文三が何を言わんとしているのかは、察しがつく。

りんが生娘《きむすめ》ではないことは、竜之介も気づいていた。

女の十五は嫁にも行ける歳。子をなす準備ができた体を、りんは年下の少年たちを養うために、秘かに切り売りしているらしい。

忠はそれと知らずに純粋な正義感から、信一郎にけしかけられた御家人の倅たちから守ってやろうとしたのだろう。

しかし、一緒に暮らしていれば自ずと知れる。まだ男女のことが分からぬ歳の末松はともかく、留太は気づいているはずだ。

人はきれいごとだけでは生きられない。

寄る辺《べ》を失った無宿人にとっては尚のことだろうが、暗澹《あんたん》たる現実を垣間見せられた竜之介はやるせない。

定信の打ち出す政策も、本当に弱き者を救う役には立っていない。

武士は民《たみ》の上に立ち、教え導くのが役目。

もちろん定信もそのつもりでいるはずだ。

ならば、御城中で日々行われている政は何なのか？

将軍の御側近くに仕えていながら政務に携われぬ竜之介には、どうすることもできない現実だった。

彦馬に取り計らわせ、留太らに渡した銭も所詮は気休め。しばらくの間は食いつなげるだろうが、その後はまた同じこと。村を捨て、頼れる親類縁者を亡くし、この江戸で生きていかざるを得なくされた三人を救う、根本的な解決にはなっていない。

「御家人の坊ずどもが言っておりやしたよ。あの柴信一郎って悪たれ、日頃から道場で忠様のことを目の敵《かたき》にしてやがるそうでさ」

挟箱を担ぎ直した瓜五が、ぼそりと呟く。

「いけ好かねぇガキがいるもんですね、兄い。どんな育て方をされたらああなっちまうのか、親の顔を見てやりてぇや」

すかさず応じる勘六も、本気で腹を立てている様子。

竜之介も思うところは同じだった。

柴伊織。落ちぶれたとはいえ五百石取りだった家の息子をあれほどまでに荒《すさ》ませるとは、一体どのような男なのか――。

九

信一郎は憤然と家路を辿っていた。

「覚えておれよ、田沼……」

忠に怒りが尽きぬのは、かつての友情の裏返し。

父の伊織が御役御免となるまでは、何の不満もない暮らしだった。

信一郎の家族は父親のみ。早くに亡くなった母親のことは覚えていないが寂しいと思ったことは一度もない。感傷に浸る間を与えぬ程、伊織から文武両道を指導されてきたからだ。そのおかげで下地《したじ》が鍛えられ、特別に入門を許された柳生家の道場でも将来有望と期待され、弟弟子だった忠を始めとする少年剣士の仲間たちと励まし合って稽古に取り組む一方、屋敷の最寄りの湯島《ゆしま》にある林《はやし》家の私塾に通い、学問に勤しむことも怠らなかった。

そんな信一郎の日常が一変したのは五年前、新番組で父の同役だった佐野政言が御城中で田沼意知を襲い、死に至らしめたのが始まりだった。

伊織は事件への関与を疑われ、無関係であったにせよ意知を見殺しにしたのは不届き至極と見なされて新番士の役目を解かれ、無役となったばかりか知行地まで召し上げられ、旗本でも格の低い蔵米取りにされてしまったことで覇気も貫禄も失せてしまった。

信一郎も周囲から白い目で見なされ始め、本来は御大身の子弟でなければ通えない柳生道場を辞めて町道場に移らざるを得なくなり、学問への熱意も失い、原因を作った父を憎んだ。

「くそ！」

防具と道着を担いだ竹刀が、ぎりっと鳴る。

柴家から失われたのは、父子の絆だけではない。

何年も経たぬ内に、家中の内証《ないしょう》は悪化した。

蔵米取りにされたのに伴って世話になり始めた札差の門屋新左は最初こそ気前が良かったが、返済が滞り始めると手のひらを返したかのごとく横柄《おうへい》になり、利子を厳しく取り立てていく。先日は伊織が何より大事にしていた一竿子忠綱の大脇差まで無理やり持ち去られてしまい、高値で売却して家計を立て直す目論見が泡と消えた伊織は、父親に失望しきった信一郎も哀れに思う程の落胆ぶりだった。

その伊織は、昨日の朝に屋敷を出てから戻っていなかった。

金策に出たわけではないだろう。既に伊織は亡き母の実家は元より親戚中に借金を重ねたばかりか、旗本仲間から屋敷に出入りをしていた商家に至るまで、あらゆる知り合いに金を借りまくっている。

しわ寄せで信一郎は旗本の友人から敬遠され、格下の御家人の倅たちしか遊ぶ相手がいなくなった。信一郎は募る鬱憤《うっぷん》を晴らすため、世間で横行する直参狩りに便乗し、顔を隠して旧友たちを待ち伏せては叩きのめす、闇討ち紛《まが》いの真似をするまでになっていた。

そんな中でも忠だけは以前と変わらぬ態度で接してくるが、その明るさが信一郎は憎らしい。

忠の父の清志郎は田沼意次の甥に当たる。遠縁ながら柴家が崩壊する元凶となった、田沼の一族とつながっているのだ。

その田沼家も意知が落命して勢いを失い、意次も老中職を辞するや新任の老中首座の松平定信に在任中の落ち度を咎められ、五万七千石もあった石高を一万石にまで削られた末、謹慎に処されて果てた。定信は幕閣ばかりか諸役人からも田沼派を一掃し、奥右筆だった忠の祖父も御役御免にされ、その亡き後に家督を継いだ清志郎はいまだ無役だ。

清志郎が伊織と同様に覇気も貫禄も失い、忠も信一郎のようにやさぐれてくれれば、傷をなめ合うこともできただろう。

しかし、あの父子は変わらず前向き。叔父の竜之介は小納戸の風見家に婿入りし、小姓に出世までしている。

なぜ、ああも前向きでいられるのか。

信一郎には理解できない。

以前と変わらぬ忠の明るい笑顔は眩しい。

好ましいがゆえに疎ましい。

どうして腐ることなく、前を向いていられるのか。

どうして自分も父も、あのように生きられぬのか。

「なぜだ」

声に出して呟きながら、信一郎は思わず涙ぐんでいた。

柴家の屋敷が見えてきた。

家来の殆どは伊織に見切りをつけ、去って行った。

残ったのは滞った給金を何としても受け取ろうと粘っている、浅ましい者ばかりである。

その残り少ない家来たちが、玄関先に倒れていた。

「安心せい、峰打ちだ」

唖然と立ち尽くした信一郎に、目つきの悪い浪人が語りかけてきた。

見覚えがある顔だ。今年に入ってから取り立てに加わった、門屋の新しい用心棒だ。

確か室井源吾と名乗ったはずだ。

「ほほう、うぬが伜にしては良き面構えをしておるな」

にやりと笑う源吾は式台に腰掛け、足下に跪《ひざまず》かせた伊織の首根っこを刀の鞘で押さえていた。

「信一郎……逃げよ……」

伊織は苦しい息の下で告げてくる。

「いけませんよ柴様、それじゃ約束が違うでしょう?」

屋敷の中から出てきたのは、門屋のあるじの新左だった。

「信一郎坊ちゃんですね。お帰りなさいまし」

式台の上から呼びかける声に敬意はない。

札差の顧客、札旦那として敬うべき旗本も御家人も、金を生むネタとしか見なしていないのだ。

愛想笑いを引っ込めて、新左は伊織に視線を戻した。

「では柴様、坊ちゃんにお命じ頂けますかな」

「早うせい。うぬが思案し、我らに示した策であろうが。その場逃れだったなどと今になって言うでないぞ」

源吾が刀の鞘を押しこくる。

伊織は堪らず、体を前にのめらせた。

「父上っ」

信一郎の口から久方ぶりに出た言葉だった。

「ほら柴様、坊ちゃんは聞く耳をお持ちのようですよ」

「……私の口から申せることでは……ないわ」

「やれやれ。それじゃ、こちらからお願いしましょう」

新左は再び愛想笑いを浮かべると、信一郎に向き直った。

「坊ちゃんのご友人に、田沼忠という子がおるそうですね」

「た、忠が何とした」

「ちょいとお屋敷まで連れてきて頂けますか」

「な、何故だ」

「それはおぬしが知らずともよいことだ」

戸惑う信一郎に源吾が言った。

「父親の命が惜しくば、今すぐ連れて参れ」

「い、命だと」

「俺の腕前は見ての通りだ。峰打ちが並の腕ではできぬことぐらい、おぬしも子供なりに剣を遣うのならば存じておるだろう？　こやつを抜き打ちに斬って捨てるぐらいは容易いことよ」

「くっ……」

信一郎は黙り込んだ。

源吾の目は本気である。

この浪人、旗本を斬ることを何とも思っていない。直参狩りをする無頼の連中も後《こう》難《なん》を恐れて奪わぬ、将軍家の直臣の命を絶つのが平気なのだ。

「……忠も、斬るのか」

「ご安心を。大人しくしてくだされば、私も室井さんも決して手出しは致しません」

信一郎の問いかけに新左が答える。

「真だな？」

「はい」

念を押された新左は笑顔で頷く。やはり目だけは笑っていなかった。

十

忠は潑溂と家路を辿っていた。

小柄な体には些《いささ》か重たい防具と道着がいつもより軽く感じられる程、気分が高揚していた。

「叔父上は凄いお方だ。私もああなりたい」

口に出して称《たた》えたくなる程、竜之介に感謝して止まずにいた。別れる前に約束した通り、きっと信一郎と仲直りするのだと固く心に決めていた。

そんな忠は、父の清志郎のことも尊敬している。

父と叔父は文と武を、兄弟で分かち合うことで究めた。

両道に強いて取り組むには及ばず。得意を伸ばすことに専心すべし。

田沼の宗家を一代で盛り上げた、亡き意次の教えだという。

効率的なことだと思う。文武両道というお題目に囚われ、どっちつかずになるよりも一芸に秀でて御役に就く方が、公儀のためになるとも思う。

しかし自分はどちらに進むべきか、いずれの才がより伸びるのか、今の忠にはまだ分からない。

入れ込んでいるのは剣の稽古だが学問も嫌いというわけではなく、父から蔵書を借りて素読に取り組む一方、武家では苦手な者が多い算盤の扱い方や窮理《きゆうり》と呼ばれる、物理学の手ほどきも受けている。

叔父の家来で算勘に秀でた松井帳助が、手すきの時に屋敷まで足を運んで指導してくれるのだ。

今日は帳助が来てくれる日である。

父親の彦馬が風見家の屋敷に戻り、用人の役目を交替してから出向くはずなので、まだ時間には余裕があった。

「忠ー!」

後ろから呼びかける声が聞こえた。

「信一郎兄《にい》?」

振り向いた忠の目に映ったのは、汗だくで駆けてくる信一郎。一人っ子の忠が兄のごとく慕い、仲良くしていた柳生道場の兄弟子だった。

「どうしたんだい、そんなに急いで」

「おぬしと……な……仲直りが……したくてな……」

苦しそうに息を継ぎながら、信一郎が告げてきたのは思わぬ言葉。こちらから切り出すには勇気を要する申し出だった。

「父上から叱られたのだ……おぬしに会うて、自分からも詫びを言いたいと申しておる……おぬし、一緒に来ては貰えぬか……」

「もちろんだよ。行こ！」

忠は弾んだ声で答える。

待ち受けているのが尊敬する叔父の武芸の才を利用し、松平定信を亡き者にしようと企《たくら》む悪しき者どもだとは、想像もしていなかった。

「お初にお目にかかります、田沼忠様。手前は門屋新左にございます」

「ふん、いけ好かぬ顔の小僧だのう」

柴家の式台に陣取っていたのは、見知らぬ商人と浪人だった。主従揃って剣呑な雰囲気を漂わせている。

「信一郎兄……」

怯えた忠が助けを求めても信一郎は俯くばかり。父親の伊織も浪人に押さえ込まれたまま、申し訳なさそうに下を向いていた。

「それじゃ忠様、参りましょうか」

新左は遊びにでも行くかのように告げてきた。

「裏門の所に駕籠を待たせてあります。人目につくとまずいですから」

「わ、私をどうする気だ」

「相すみませんが、人質になって頂きたいんですよ」

「人質？」

「お前さんの叔父上……風見竜之介にどうしてもやって頂きたいことがありましてね」

「な、ならば直《じか》にお願い申し上げればよいだろう⁉」

「へへっ、そいつぁ無理な相談ですよ」

新左は下卑た笑みを浮かべて言った。

「天下の老中首座で奥勤め、将軍補佐の松平越中守定信を殺してくれって頼まれて、二つ返事をしてくれる奴はおりません。昔の伝手《つて》で名うての殺し屋連中にも当たってみましたが、みんなお断りでした」

「……叔父上に、ご老中を……」

「その気になれば容易いはずですよ。お前さんの叔父上は、上様のお側近くが持ち場の奥小姓様。越中守とも毎度顔を合わせていなさるはずだ。まして風見の鬼姫を嫁にした程の腕利きなら、楽に片が付くでござんしょう」

「さ、左様なことのために、私を……」

「最初はあちらさんの子供をかっさらおうかと考えたんですがね、赤ん坊は扱い難いし、死なせちまったら人質に取った意味もありやせん。そこで柴様からお前さんのことを田沼の跡取りとして、竜之介が大事にしてるって聞きましてね、代わりをお願いすることにしたんですよ」

「そういうことだ、わっぱ」

浪人——室井源吾が忠を見据えて言った。

「赤子に手を出すのは我らと申せど寝覚めが悪いのでな。頑是《がんぜ》なき従兄弟のためにも人質の役目を全うせい」

「ふ！　ふざけるな!!」

忠は声を張り上げた。

これ程までに腹を立てたことは一度もない。

逃走を試みるのも忘れ、新左に跳びかかっていた。

「何するんだい、このガキ！」

新左は身をかわしざま、忠を張り飛ばした。

式台に倒れたところを押さえ込み、抜こうとした脇差を鞘ごと取り上げる動きは慣れたもの。

「商人を甘く見るんじゃない。あたしゃ元は廻船問屋。抜け荷商いで鍛えた腕っ節、そこらのサンピンの及ぶとこじゃないよっ」

動けぬ忠に告げると同時に、新左は平手打ちを浴びせた。

続けざまに頬を張られて、忠の口から血が流れる。

負けじと新左に組みついた闘志の源は叔父を侮辱されたことに加え、友とその父親を悪事に加担させた外道《げどう》に対する、激しい怒りだった。

「うわっ」

新左が慌てた声を上げる。

常に首から提げている巾着の紐を、忠に引きちぎられたのだ。

「この野郎！　あたしの命より大事なもんを!!」

引ったくった巾着を口にくわえて、新左は諸手《もろて》で忠を抱え上げた。

背中から思い切り式台に叩きつけられた衝撃に、忠は気を失った。

「あーあ、苦いと思ったらガキの血が付いちまってるよ」

忌々《いまいま》しげに呟きながら、新左は巾着を懐に戻した。

「長居は無用ぞ、門屋」

促す源吾は信一郎を捕らえていた。

伊織は源吾に奪われた刀の下緒《さげお》で後ろ手に縛り上げられ、手ぬぐいで猿轡《さるぐつわ》まで嚙まされていた。

「うぬが裏切らぬとは限るまい。二人まとめて連れ参る」

「そういうことですよ柴様。悪しからず」

最初からそうするつもりだったらしい。

「う……う……」

伊織は呻きながら式台を這い、後を追おうとする。

「ははは、鬼さんこちら」

必死で追いすがろうとする伊織を新左は嘲笑った。

忠は気を失ったまま、無雑作に肩に担がれている。

「生かしてやるだけ有難いと思え。ただし、余計なことを口外致さば伜の命はなきものと心得よ」

源吾は凄みを利かせて言い渡すと、暴れる信一郎に当て身を食らわせる。

「気の毒だが、うぬは道連れだ。恨むのならば、そのわっぱを恨むがいい」

気を失った信一郎を抱え上げ、源吾は新左の後に続いた。

先に失神させられた柴家の家来は、まだ目を覚まさない。

誰にも行く手を阻まれることなく　悪しき主従は少年たちを連れ去った。

第五章　宝を取り戻せ

一

風見家では、帰宅した竜之介が弓香と二人きりで過ごしていた。

多門は小納戸の同役だった隠居仲間の屋敷へ碁を打ちに行き、虎和は左吉らと同じ村から奉公に来た女中の花《はな》が見てくれている。おかげで弓香も心置きなく、当番明けの夫の疲れを癒すのに専念できる。

「いかがですか、殿様」

「うむ、良き心持ちだ」

竜之介は布団の上で微笑んだ。愛妻のしなやかな指の感触が心地いい。

視線の先には、古びながらも華やかな雛人形たちが飾られている。

弓香の亡き母の嫁入り道具だったという雛壇には金魚鉢も添えられ、新雛《しんひな》と称して町中で売られ始めたばかりの和金《わきん》が一匹、花冷えも和らいだ午後のひと時を楽しむかのごとく、藻の間を心地よさげに泳いでいた。

「そなた、少し重うなったな」

「まぁ、憎らしいことを言いなさる」

可愛く頬を膨らませる弓香は、竜之介の背中に跨って指圧中。抜刀術と共に修めた柔術の修行を通じ、人体の急所と合わせて経絡《けいらく》の知識をつけた甲斐あって、本職に迫る腕前なのである。

女人の平均を上回り、手足も長い弓香の身の丈は夫よりもやや高め。目方もそれなりにあり、虎和を生んだ後はさらに増えた。跨るのは申し訳ないところだが、襦袢一枚で夫と触れ合う心地よさには替えられない。

「して、それから殿様は何となされたのですか？」

「どこまで話したかな」

「信一郎なる悪たれが逃げ出したところまででございます。逃さず追いかけて仕置きをなさったのでございましょう⁉」

「後のことは忠に任せた。左様に言うてやるでない」

勢い込んで問う弓香に竜之介は言った。

「あれも不憫な子だ。よほど心に闇を抱えておるのか、虚勢を張りながらも目が死んでおったよ」

弓香は口を閉ざし、黙って指圧を再開する。

竜之介が続きを語り終えた時には肩から脛まで揉みほぐされ、重い凝りがすっきり取れていた。

「銭まで与えたのは直参にあるまじきことだったのかもしれぬが、忠が身を挺して救うたのを無下にはできなんだよ」

「殿様はいつも忠さん贔屓なのですね。羨ましいこと」

「ふっ、子供に妬いて何とする」

「それは妬けますとも。本当にお仲が宜しいですから」

苦笑いする竜之介の肩を、弓香は仕上げにぎゅっと揉む。

本気で嫉妬したわけではない。

竜之介が風見家の婿として励みながらも田沼の家名を重んじ、その家名を受け継ぐ甥の忠に期待を寄せていることは、元より弓香も承知の上だ。

田沼家の名は世間では悪人の代名詞だが、そんなくだらぬ風潮など多門も弓香も気にしていない。何事も竜之介の信じるままにしてくれればいい。婿に迎えると決めた時から、そう腹を括っていた。

「おかげで楽になった。かたじけない」

「これからでございまするよ、殿様ぁ」

起き上がろうとした竜之介を、弓香は甘えた声と共に押さえ込む。

「……貴方……竜之介さん……」

弓香の甘え具合は、夫の呼び方の変化で分かる。名前で呼ぶのは身も心もとろとろの時である。御城勤めの疲れを癒し、甘えさせてあげようと思っていながら自分が先になるのも、新婚以来変わらぬ夫婦の日常だった。

「待て待て、まだ日が高いぞ」

「人払いをしておきましたゆえ、しばらく誰も参りませぬ」

「いつもながら抜かりないな」

「はい、それはもう」

「ふふ」

竜之介は微笑み、弓香の肩に手を回す。

「む？」

「く！」

廊下を走る足音が聞こえてきた。

仲良し夫婦の表情がたちどころに強張る。

竜之介と弓香は弾かれたように身を離し、襟を正す。

「と、殿！」

動揺した声と共に障子が開いた。

忠に算盤を教えに出向いたはずの帳助だ。よほど急いて戻ったのか、丸眼鏡が鼻先から落ちそうになる程、ずり落ちていた。

「何事ですか、無粋な真似をして」

目つきも鋭く見返す弓香は、帳助とは乳兄妹。

風見家の用人の役目を父の彦馬に任せ、算勘の才を武器とする渡り用人として幾多の旗本の財政を建て直してきた帳助も、一歳下の家付き娘にだけは幼い頃から頭が上がらない。

「何とした、松井」

いきり立つ弓香を押しのけ、竜之介が問いかける。

いつも冷静な帳助がこれ程までに取り乱すのは、弓香に本気で叱られた時ぐらいのことである。余程の大事が出来《しゅったい》したらしい。

「いい、一大事にございまする、殿」

「落ち着け。はきと申せ」

「お、甥御様が、たた、忠様が」

「忠が？　何としたのだ松井⁉」

「か、かどわかしに遭われた由にございまする」

「かどわかし、だと……」

大事な甥がさらわれた？

竜之介はたちまち言葉を失った。

「どういうことですかっ、帳助！」

「お待ちくださいお嬢様……く、苦しいっ……」

弓香が帳助の首根っこを摑み、眼鏡がさらにずれ落ちるのも構わずに問いつめる声も耳に入っていなかった。

忠は田沼の次代を担う者。

万が一のことなど、あってはならない。

どこの誰が、何のために左様な真似を――？

二

「急ぎ参る。留守を頼む！」

我に返った竜之介は帳助から子細を聞き出すと、同じ神田の岩本町に屋敷を構える兄の清志郎の許に向かった。

袴を穿く間も惜しんで着流しに大小の刀を帯び、馬小屋から引き出させた疾風に乗って疾駆させる。

乗り付けた屋敷の門前では、若い足軽が番をしながらも落ち着かなさげな様子。通りの左右にきょろきょろと視線を向けているのを通りすがりの者に見られれば、口に出さずとも何事か起きたのが丸分かりだ。

「竜之介様！」

日頃から兄の使いとして風見家と行き来をしている足軽は、馬上の竜之介を見るなり安堵の声を上げた。

「面目ありません……ちくしょう！　俺がお供していれば!!」

足軽は疾風の轡を取りながらも、自分を責めずはいられぬ様子。

「声が大きいぞ、篠田《しのだ》。余人に聞かれたら何とするのだ」

馬上から降り立った竜之介は、声を低めて足軽を叱る。

「誰もおぬしの落ち度とは思うておらぬ。もちろん、俺もだ」

「ですが竜之介様、このままじゃ坊ちゃんが……」

「忠のことは俺に任せよ。それよりもおぬしは門番、屋敷の顔だ。たとえ何が起きようと堂々としておれ」

若い足軽の篠田を重ねて叱る竜之介は、完全に平常心に戻っていた。

帳助を落ち着かせて訊き出したところによると、清志郎の許には不審な書状が届いているらしい。

宛て先は清志郎と竜之介の連名で、町飛脚に頼んだものだった。差出人の住まいには中間たちが調べに走ったそうだが、かどわかしを働く者が正しい住所と名前を書くはずがあるまい。

それよりも、かどわかした目的は何なのか、身柄を解放する条件として、何を要求してきたのかを、まずは把握することだ。

竜之介は足軽に疾風を任せて門を潜り、玄関に駆け込んだ。

「お待ちしておりました、竜之介様」

式台のない玄関で竜之介を迎えたのは、亡き父の代から仕える用人。歳の功で平静を保ちながらも、白髪頭には抑えきれぬ冷や汗がにじんでいる。

「大儀である亀石《かめいし》。兄上は奥か」

「お部屋におられまする」

「心得た。表を頼むぞ」

用人の亀石を玄関に残し、竜之介は屋敷の奥へと急ぐ。

「叔父さま」

「おじうえー」

廊下の向こうから二人の子供がトテトテと寄ってきた。

兄によく似た、幼いながらも整った顔立ちの女の子と男の子。今年で九歳になった長女の孝《こう》と、次男で五歳の仁《ひとし》である。

清志郎の部屋の前では、妻の静江《しずえ》がさめざめと泣いていた。

「竜之介様……忠が、忠が……」

「落ち着いてくだされ、義姉上」

竜之介は傍らに膝をつき、そっと懐紙を差し出した。

「あ、相すみませぬ……」

受け取った懐紙を目元に当てても、滂沱《ぼうだ》の涙は止まらなかった。

竜之介にとって義理の姉に当たる静江は今年で三十二歳。

遠縁でも田沼の一族ならば縁付きたいと望んだ格上の旗本の三女で、兄弟の亡き父がまだ奥右筆の職を務めていた頃に清志郎と祝言を挙げ、二十歳で長男の忠を生んだ後、孝と仁に恵まれた。

田沼家が没落しても離縁を望まず、実家から再三戻れと言われても拒み通して清志郎の妻、そして二男一女の母として、無役となった家を支える苦労を厭わぬ良妻賢母が、今は小娘のごとく泣きじゃくるばかりであった。

「しっかりして、母上」

「なかないで、ははうえー」

孝と仁は左右に寄り添い、静江を励ます。

「ご安心くだされ。忠は必ず取り返しまする」

竜之介は決意をこめて静江に告げると、子供たちの目線に合わせて廊下に膝をつく。

右手に提げた刀を置き、両手を空けた上でのことだった。

「叔父さま、兄上は帰ってくる?」

孝が竜之介に問いかけた。

「かえってくるよね？」

仁も真剣な面持ちをした姉に倣《なら》い、まだ赤ん坊じみた雰囲気が残る丸顔を引き締めていた。

「もちろんだ。きっと帰って参るゆえ、良い子にしておるのだぞ」

頷く姪と甥の頭を撫でてやり、竜之介は刀を取って腰を上げる。

「兄上、御免」

一声かけて、障子を開く。

障子の向こうで清志郎が腕を組み、沈鬱な面持ちで座っていた。

母親に似て童顔の竜之介と別物の端整な顔立ちは、亡き伯父の意次を彷彿させる。

意次の父親で兄弟にとって祖父に当たる意行も、生前は美男で評判だったという。

「参ったのか、竜之介……」

見上げる清志郎に無言で頷き、竜之介は後ろ手に障子を閉めた。

清志郎の膝前には一通の封書。

既に開封されている。

厚みから察するに、長々と書かれてはいないらしい。

表書きは見た覚えのない筆跡。癖こそあるが達筆だ。

竜之介は清志郎の前に膝を揃える間に、そこまで見て取っていた。

刀を座った右脇に置くのは、右手で柄を、左手で鞘を握るのが前提の刀をすぐには抜けない状態とすることにより、敵意がないと示すため。兄弟の間でも欠かせぬ武家の作法である。

「話は帳助に聞きました。それが脅しの文にござるな」

「左様……」

頷く清志郎の顔は苦悩が色濃い。正体不明の相手から突き付けられた要求が容易ならざるものであることを、無言の内に物語っていた。

「お貸しくだされ」

「待て」

竜之介が手を伸ばそうとしたのを押しとどめ、清志郎は腰を上げる。膝前に置いた書状を懐に、素早く入れた上でのことだった。

清志郎は敷居際に立ち、障子を開いた。

「そなたたちは下がっておれ。私が呼ぶまで誰一人通すでない」

ようやく泣き止んだ静江に命じ、子供たちを連れて立ち去るのを見届けてから障子を閉める。

「待たせたな、竜之介」

清志郎は弟の前に座り直した。

「これなる文にしたためられておるのは、我が妻と申せど知られるわけに参らぬことだ。おぬしも口外してはならんぞ」

「何故にござるか、兄上」

不可解な前置きをした清志郎に竜之介は問いかける。親しみやすい童顔が自ずと険しくなっていた。

「忠は義姉上が初めてお腹を痛めて生んだ子。その義姉上にも明かせぬとはいかなることなのですか」

「……おぬし自身の目で確かめてくれ」

しばしの間を置き、清志郎は言った。

「……承知しました」

悪い予感が当たったらしい。

静かに答える竜之介は、一連の兄の態度で既に察していた。

相手の狙いは清志郎ではなく竜之介。それも小姓の御役を務めているのに目を付けたがゆえに違いない。

忠が誘拐されたと知らされた衝撃から我に返り、冷静になって思案を巡らせたことにより、思い当たった動機だった。

そもそも目的が金ならば、旗本でも無役の家など狙うまい。

不足を竜之介が補うにせよ、五百石取りでは大した額など工面できぬことぐらい、営利誘拐を企む連中は先刻承知のはずだ。

しかし、竜之介には金では買えない利点がある。

江戸城の中枢である本丸御殿の中奥で家斉の御側近くに仕え、定信を始めとする老中たちが家斉に上申する政策の一部始終を、そして諸大名やご大身の旗本が家斉に拝謁する光景を、日頃から目にしていることだ。

いずれも外部に漏らせぬことである。

小姓は任命されると誓紙をしたためて血判を捺し、役目の上で見聞きしたことを一切口外しないと誓約をする。

賄賂と引き換えに情報の漏洩を求める者はもちろん家族にも明かしてはならず、誓約に反すれば切腹に処される。それ程の機密事項と竜之介は日々接しているのだ。

その情報を引き出すために大事な甥をかどわかすとは、何と卑劣な――。

正体不明の誘拐犯に、竜之介は改めて怒りを覚える。

だが、今は心を乱している場合ではない。

「兄上、文を」

清志郎は無言で書状を差し出した。

竜之介は封を拡げ、目を通す。

簡潔な文面を読み終えた時、竜之介の手は震えていた。

誘拐犯が求めてきたのは幕府の機密でも、金でもなかった。

「風見竜之介殿は松平越中守を亡き者とすること、必ず一両日中に決行されたし。さもなくば人質は戻らぬものとご承知頂きたく候……」

呟く声も震えていた。

忠を解放する条件は、竜之介が松平越中守定信の命を奪うこと。

怪しまれずに近づける立場を利用して引導を渡し、質素倹約を基本方針とする幕政改革を頓挫させることを、有無を許さず求めていた。

三

風見家では、家中の男たちが庭先に集まっていた。

知らせを聞いて急ぎ帰宅した、多門の招集である。

「これは我が家の婿殿の一大事じゃ。皆、どうか力を貸してくれ」

「合点でさ、大殿様」

縁側から呼びかける多門に真っ先に応じたのは、中間頭の又一。

文三ら配下の中間たちは一斉に頷く。

新入りの茂七も目を輝かせて意気込んでいた。

「大殿、カシラたちには忠様の足取りをたどってもらいましょう」

帳助が多門に提案した。

「忠様が連れ去られたのは社で殿とお別れになられた後、ご帰宅される途次です。その際に何らかの遺留品……お履物か竹刀打ちのお稽古道具、あるいは脇差を現場に落とした可能性がありますし、忠様が曲者と争うところを見た者がおるはずです。日の高い内に起きたことなれば、誰の目にも触れなかったとは考えられません」

「おぬしの話、肝《きも》となるのは目撃者だな。物は一緒に持ち去るか処分されてしまえばそれまでじゃが、人の目までは封じられんからの」

帳助の話を聞き終えて、多門が言った。

「あの子の友達は武家より町家に多いし、町の衆にも好かれとる。町道場の行き帰りに挨拶を交わす者も多かろうし、通りの店の者も日頃から顔を見ておる子供のことは、頼まれずとも気に懸けてくれとるもんじゃ。事を大袈裟にせんように迷子になったということで、手分けして聞き込んでくれ」

「承知しやした」

又一の声を合図に、中間たちが腰を上げた。

「善は急げだ。おめぇたち、暗くなる前に埒《らち》を明けるぜ！」

「へいっ」

真っ先に答えたのは茂七だった。

「待て待て、先走るんじゃねぇ」

又一と鉄二に続いて駆け出そうとしたのを、文三が腕を摑んで止める。

「おめぇは町にゃ不案内だ。近所へ使いに出ただけで迷ったのも一度や二度じゃねぇだろうが」

「もう大丈夫ですよ兄《あに》さん、ようやく切絵図も買えましたし」

「いいから、左吉と右吉と一緒に行きな」

「そんな、俺はこの二人と同じ村の出なんですぜ」

「道を覚えるはおめぇより全然早えよ。口取りが危なげねぇのは疾風が利口なだけじやなく、道順が分かった上で轡を持ってるからだ。そうだろ?」

黙って頷く双子の兄弟に、文三は茂七を押し付けた。

「兄い、急いでくだせえよ」

「ぐずぐずしねぇでおくんなさい。それじゃ韋駄天《いだてん》の二つ名が泣きますぜ」

瓜五と勘六が文三を急かした。

「分かってらぁ。忠様は赤んぼの頃から鉄兄いと俺に懐いてなすった可愛いお子だ。かどわかし野郎、骨身に思い知らせてやらぁ」

「ごたくを言う前に参りやしょう。口を動かすだけなら牛でもできますよ」

意気込む文三に毒舌を叩きつつ、勘六は急き立てる。

「おめぇたちもしっかりな。三人寄れば何とやらだぜ」

茂七たちに笑みを返し、瓜五も後に続いた。

「大殿、それがしは自身番と木戸番を、島田は辻番所を当たりまする」

彦馬が多門に申し出た。

「しかと頼むぞ。忠がいなくなった前後の時分に日頃は見かけぬ顔が番所の前を通らなかったか、思い出させるのじゃ。かどわかれたとは明かせぬゆえ面倒がる番人もおるだろうが、歳の功で上手くやってくれ」

「ははっ、必ずや」

彦馬は力強く答えた。

傍らに立つ権助も無言ながら、気迫十分の面持ちで頷く。

「されば殿、私は忠様のお屋敷の周りを見て参ります。曲者がこちらの出方を窺っておるやもしれませぬ」

最後に帳助が申し出た。

「それは大いにあり得るの。弓香、一緒に行ってくれんか」

「心得ました、父上」

多門の隣に控えていた弓香が二つ返事で請け合った。

「お嬢……奥方様も、ですか？」

「仕方なかろう。おぬしは荒事《あらごと》に向いておらん。一人で出張って相手と出くわし、かかってこられても太刀打ちできんじゃろ」

「父上が仰せの通りですよ帳助。今に始まったことでもあるまいし、私に任せておきなさい」

困惑した様子の帳助を、多門と弓香は口々に黙らせた。

弓香に言われた通り、子供の頃から近所の腕白どもにいじめられるたびに助けられてきた帳助である。

「そうと決まれば急ぎますよ。さ、早う！」

声も鋭く帳助を促し、弓香は玄関に向かう。動きにくいお引きずりを普通の小袖に改め、いつでも出かけられるように支度済みだった。

四

蔵前から両国橋《りょうごくばし》、新大橋《しんおおはし》と大川沿いに下流へ行くと浜町《はまちょう》に出る。この浜町の岸辺から川面に突き出た一帯を中洲新地《なかすしんち》、正しくは富永町《とみながちょう》という。流れが埋め立てられて地続きとなるまでは文字通りの中洲で、大川の流れが三つに分かれることから三つ俣《また》と呼ばれていた。

この三つ俣が整備されて誕生した中洲新地こと富永町は、田沼意次が出世を重ねると共に繁栄し、昨年まで江戸一番と評判の盛り場であった。

最寄りの両国広小路に負けない数の芝居小屋に人形浄瑠璃《にんぎょうじょうるり》、見世物小屋はいずれも連日の大入り満員。夏の盛りも川と海の風が入り交じって涼を誘う岸辺には看板娘を抱える水茶屋が百軒近くも並んでいた。

目抜き通りでは調理方の工夫によって人気となった鰻《うなぎ》の蒲焼《かばや》きを始めとする軽食の屋台店が賑わう一方、分限者《ぶげんしゃ》が贅を楽しむ料理茶屋も数多く、お座敷に呼ばれた芸者と幇間《ほうかん》の姿も目立ったものだ。

その賑わいも今や失せ、目抜き通りは店を畳んだ仕舞屋《しもたや》ばかり。

元凶は意次に取って代わった、老中首座の松平定信である。

一昨年に就任した当初から質素倹約を強調し、贅沢を戒めてきた堅物の目には盛り場の賑わいも悪しきものとしか映らぬらしく、新地ごと廃止されるのも時間の問題と賢明な者は昨年の内に店を畳み、粘って商いを続けていた店も年が明ける頃には諦めをつけ、次々に撤退した。

「久方ぶりに参ってみれば閑古鳥《かんこどり》か……栄枯盛衰は世の習いなれど、越中守のせいと思えば腹立たしいわ」

憮然と呟きつつ、寂れた目抜き通りを歩いていたのは源吾。

いまだ失神したままの忠を乗せた辻駕籠に同行し、中洲新地を訪れたのだ。

忠の所持品は新左が予備の駕籠に余さず積み込み、門屋に運ばせた。

脇差まで取り上げられたのは、共に連れ去られた信一郎も同じこと。

武家の子の証しの袴も駕籠に乗せる前に脱がせ、あらかじめ用意した弊衣に着替えさせてある。

黙々と先を急ぐ駕籠かきには新左の息がかかっている。借金漬けで進退が窮まった旗本や御家人の娘を吉原に運ぶ役目も請け合っており、二人の少年を人目を避けて連れ去る手伝いなど朝飯前だった。

二挺の駕籠は中洲新地の端へと向かう。

上流に面した水辺には芦が生い茂り、三つ俣と呼ばれていた開発前の風景を彷彿させる。流れの直中《ただなか》にある中洲は水害への備えが欠かせない。浜町と地続きにする埋立てに伴って強化されたとはいえ地盤も緩く、浸水を防ぐ普請が定期的に必要とされた。

この手の工事は地主が費用を負担し、民間の口入屋が請け負う。町人地として一応は町奉行の管轄下だが基本は現場任せで、進捗《しんちょく》に滞りがなければ町奉行所の役人の査察も入らない。手間賃がただ同然であっても工期の間は屋根の下で夜露を凌ぎ、飯さえ食わせて貰えるのならば有難いと思う程に追いつめられた無宿人をかき集め、酷使しても咎められる恐れはなかった。

日暮れ前の強い西日の下では今日も、大勢の無宿人が口入屋の手代たちにこき使われていた。

「おら、もたもたすんじゃねぇ」

「早くしろ早くしろ早くしろ！」

急き立てる手代の数は十人余り。手に手に竹の鞭《むち》を振り立て、動きが少しでも鈍いと容赦なく打ち叩く。

牛馬のごとくと俗に言う有様だが、農民も馬子もここまで惨い真似はせずに愛情を持って接する。天明三年、西暦一七八三年七月の浅間山《あさまやま》大噴火で空を覆った火山灰が各地の天候を乱し、深刻な飢饉を招く以前は在所の村々で農民として平穏に暮らしていた、無宿人たち自身が心がけてきたことだ。

「手ぬるいぞ。もっとビシビシやらせんかい」

角張った顔をさらに怒らせ、普請場に設けた小屋の戸口で太っちょの番頭を叱っていたのは、工事を新たに請け負った口入屋のあるじ。

中洲新地が寂れて地主の儲けも減り、護岸の費用を捻出することが苦しくなってきたのを幸いに売り込んで、仕事を獲得したのである。費用の総額を抑えたように見せかけて地主を喜ばせ、無宿人をただ同然でこき使うと明かさずに人足代を過大に負担させれば、十分に儲けは出る。

「連れて参ったぞ、佐渡屋《さど》」

「おや、用心棒の先生でしたかい。門屋の旦那が直々にお越しになられるもんだとばかり思って、わざわざお待ちしてたんですがねぇ」

二挺の駕籠を伴って現れた源吾を、口入屋は残念そうに見返した。

「左様に申すな。門屋には俺から言うておく」

「頼みますよ、先生」

源吾に念を押す口入屋の名は佐渡屋紋蔵《もんぞう》。伸びしろがあると見込んだ者にあやかることを身上とする、したたか者である。新左にも期待を抱き、表沙汰にしかねる始末事を進んで請け負っていた。源吾が珍しく相手の機嫌を取ったのも、こたびに限らず手を借りる必要があるからだ。

「で、それが預かりもんですかい」

「無役なれど直参旗本の伜だ。粗末に扱うでないぞ」

「お言葉ですがそういうわけには参りやせん。ガキはガキなりに人足らしく働いて貰わねぇと、この普請場に紛れ込ませる意味がねぇでしょうが？」

紋蔵は臆せず源吾に言い返した。

「あっしは若い頃に旗本屋敷で中間奉公をしておりやしてね、そこの若様にずいぶん手を焼かされたんでさ。今も旗本の倅って先生が仰せになられただけで、虫唾《むしず》が走りやしたよ」

「その若様とこやつらは別人だ。八つ当たりをするでない」

「ご安心くだせえまし。死なせて元も子もなくす程の無茶はしやせんよ」

「ならば良い。よしなに頼む」

源吾は駕籠かきたちに顎をしゃくった。

四人の駕籠かきが気を失ったままの忠と信一郎を降ろすと、順番に両肩を摑んで活《かつ》を入れる。

「うーん……」

「ここはどこだ？　お前たちは何者だっ」

目覚めきれずにいる忠の傍らで、信一郎が焦りの声を上げた。

「やかましい。ガタガタ騒ぐんじゃねぇ！」

紋蔵は怒鳴りつけるなり、信一郎を張り飛ばした。

「ここは二代目高尾太夫《たかおだゆう》が命の花ぁ散らした、娑婆《しゃば》も外れの三つ俣だ。どこの若様だかしらねぇが、命が惜しけりゃ今すぐキリキリ働きな」

「働け……だと？」

「ふざけるな、人さらいめ！」

怯《ひる》んで動けぬ信一郎を庇うように、意識を取り戻した忠が言い放つ。

「うるせぇ、ちび助」

紋蔵が忠に蹴りつけた。

「止めろ、田沼に手を出すなっ」

堪らず吹っ飛んだのを今度は信一郎が庇う。

「へっ、田沼がなんぼのもんでぇ」

紋蔵が鼻で笑った。

「預かりもんの一人は主殿頭の親戚って門屋の旦那から聞いてたが、そっちのちびがそうなのかい？　二枚目揃いの家にしちゃ、ちんまりした顔だなぁ」

「おのれ、俺の友を愚弄するのか」

「ぐろうもくろうも聞く耳は持たねぇよ。おら、さっさと来い」

紋蔵に代わって信一郎を相手取ったのは、控えていた太っちょの番頭。

「は、離せ、この馬鹿力が！」

「へっ、これでも俺ぁ力士あがりよ。若え頃には今年の内に横綱になるって噂の谷風《たにかぜ》や小野川《おのがわ》とも張り合っていたんだぜ」

うそぶく番頭は毛むくじゃらの手で首根っこを摑み、芦の茂みに転がった忠も同様に引きずり起こす。ついさっきまで叱られて小さくなっていたとは思えぬ、居丈高な態度だった。

「へっ、いい気味だ」

番頭に引きずられていく二人を紋蔵はせせら笑い、後に続いて歩き出す。

「愚か者め。友情になど体を張っても馬鹿を見るだけぞ」

為す術もない少年たちを見送り、源吾は呟く。

周りで働く無宿人たちは見向きもしない。

監視役の手代に追い立てられ、黙々と重労働を続けるばかりだった。

五

清志郎の部屋は静まり返っていた。

竜之介は目を閉じて清志郎の前に座ったまま、微動だにせずにいる。

「おぬしの存念を聞かせてくれ、竜之介……」

清志郎が問いかけても答えない。答えられない。

今の竜之介に定信を斬れとは、酷に過ぎる要求だった。

二年前、弓香と多門に出会う前に同じ要求をされていれば、迷わずに忠を救うことを優先しただろう。当時、無役の部屋住みだった竜之介には登城の駕籠を襲うしか打つ手はなかっただろうが、いつ果てても構うまいと思っていた、あの頃の竜之介ならば命を捨てて護衛を斬り尽くし、意次の意趣返しを兼ねて定信を討った後、喜んで死んでいったことだろう。

今となっては考えられない話である。

要求されるがままに定信を亡き者とすれば、将軍家は危機に瀕する。

幕政改革が頓挫するだけでは済まされず、混乱を来《きた》した隙を衝き、謀反の狼煙《のろし》を上げる大名家が出てくる可能性も皆無とは言えない。

外様大名は家斉と茂姫の婚姻により将軍家の外戚となった薩摩の島津家の他にも数多く、その全てが徳川の威光にあやかりたいわけでもない。幕府と朝廷の関係に亀裂が入る事態となれば、征夷大将軍の座を奪われることも有り得よう。その資格を持つ源氏系の大名は徳川だけに限らぬからだ。

そこまで危機的な状況に至らずとも大飢饉の痛手がいまだ癒えぬ諸国の民は動揺し、定信が米不足対策と並行して手を尽くしてきた五街道の治安は再び乱れ、野盗の類が跳梁《ちょうりょう》し始めるのは間違いない。

街道筋が不穏になれば、その影響は江戸と京大坂にも及ぶ。勢いに乗った盗賊どもは多額の現金がやり取りされる都市にも魔手を伸ばすからだ。火付盗賊改に切れ者の長谷川平蔵が起用されたとはいえ、数に任せて跋扈《ばっこ》されては対処は困難であろう。

定信の命は今や、個人の恨みで左右できるものではないのだ。

代わる人材が諸大名は元より御三家にも御三卿にもおらず、将軍が親政を行おうにも家斉は若過ぎる。大将の器の片鱗は垣間見えるが、曾祖父で八代将軍の吉宗のごとく自ら政治を主導するには早い。定信を失わせるわけにはいかないのだ。

風見家の婿となり、小納戸を経て小姓となった竜之介は幕府の内情を知る立場。自ら政務に携わることがなくても、将軍と老中首座を日々見守ることを役目としている以上、卑劣な要求に対する答えは一つしかなかった。

「……越中守様のお命を、縮めるわけには参りませせぬ」

目を閉じたまま竜之介は呟いた。

「……相分かった」

清志郎が答える声は静かだった。覚悟を決めた。そんな声であった。

「おぬしは風見の婿となりし身だ。田沼の家名のために無理は申さぬ」

「兄上？」

竜之介は思わず目を開いた。

清志郎が、じっとこちらを見返している。

幼い頃から美少年と褒めそやされ、長じた後は鈴木春信《すずきはるのぶ》の浮世絵から抜け出てきたがごとしと町娘たちの熱い視線を集めて止まなかった端整な顔が、今は能の小面を思わせる有様だった。

「越中守は私が斬る。おぬしは退《ひ》いてくれ」

そんな顔をしたままで、清志郎は言った。

「正気にござるか、兄上」

竜之介は耳を疑った。

「もちろん正気だ」

清志郎は静かに語った。

「幸いと申すべきか、忠を連れ去った者どもは越中守を殿中にて討ち取れとまでは指示しておらぬ。名指しされたのがおぬしと申せど、闇討ちに致さば誰が手を下そうと分かりはすまい。そうであろう」

「それはそうでございまするが……」

「私に任せよ、竜之介」

そう言われても任せられるはずがない。

武術に長けた竜之介と違って、清志郎の弓馬刀槍の技量は並。

はっきり言えば凡人の域であり、定信にも及ぶまい。

だが清志郎は武芸こそ凡才でも、学問に抜きん出た才を持つ。

武士が学ぶ四書五経は、唐土《とうど》が戦乱に明け暮れた時代の偉人たちの治世と哲学の教典だ。それを学び究めた身でありながら、何を言い出すのか。定信の一命は個人の都合で左右できるものではないと、なぜ分からぬのか。

「血迷うてはなりませぬぞ、兄上っ」

竜之介は清志郎の肩を摑んだ。自ずと手にも力が籠もる。

「兄上が元服なされし折、伯父上が申されたことをお忘れにござるか。兄弟それぞれ秀でた才を伸ばし、しかるべき御役に就いて田沼の家を支えてくれと我らの手を取って仰せになられたではありませぬか。兄上は学問に生きてこそ田沼家の、ひいては将軍家の御役に立つ身。生兵法で人を斬ろうなどと早まってはいけませぬ！」

「おぬしこそ迷うでない」

熱を込めて訴えかけても、清志郎は聞く耳を持とうとはしなかった。

「思い出せ。越中守は我ら兄弟が伯父上のお言葉を励みとし、重ねて参った努力を全て無駄にしおったのだぞ」

「兄上……」

竜之介の手から力が抜ける。兄から言われたのは事実だった。

一代で成り上がったがために代々仕える家臣がいない意次は、家族の力を何より恃《たの》みとしていた。嫡男の意知を跡継ぎと決めた上で、他の息子たちを田沼派の大名と旗本の家へ養子に出し、娘たちを嫁がせた。

その一方、末弟の長男である清志郎が幕府の文官、次男の竜之介が武官として役職に就き、いずれ意知が田沼の宗家を継いで老中になった時の支えとなることを期して教育への援助を惜しまなかった。

「私が元服した日、全ては伯父上のためにとおぬしも誓うたはずだ。越中守はその誓いを踏みにじりおった。元より許せぬ相手なのだ」

「兄上……」

清志郎の言葉を竜之介は否定できなかった。

意次は日陰の身だった兄弟の父を弟と認め、田沼の一族に加えてくれた。

おかげで清志郎も竜之介も何不自由なく暮らし、それぞれ生まれ持った才を伸ばす、一流の環境を与えてもらうことが叶った。この大恩を返したいと切に願い、二人は兄弟揃って励んできたのだ。

意知が凶刃に倒れた後も、清志郎と竜之介はめげなかった。

清志郎はさらに勉学に勤しむようになり、竜之介もやり場を失った怒りを抑え、老骨に鞭打って幕政に取り組む意次と、亡き意知の嫡男で田沼の本家の跡継ぎと決まった意明の支えとなるべく武術の技量に磨きをかけ、さらに高めることに専念した。

だが、兄弟の努力は報われなかった。

全てを無駄にしたのは、松平越中守定信だ。清志郎の言う通りだ。

「私は越中守が憎いのだ。実を申さば伯父上が謹慎に処されし折から、ずっと斬りたいと思うておった……」

清志郎は怒りを込めて呟いた。

能面のようになっていた顔に血の気が戻りつつある。

それ程までに定信を憎む気持ちが強いのだ。

無理もあるまい。

定信は意次を死に至らしめた張本人。

田沼家から見れば、仇と言っても過言ではない存在だった。

意知の事件から二年後の天明六年、老中辞職を余儀なくされた意次が権力を失うや大名として治めていた遠州相良の所領は次々に削られ、意次を重く用いた前の将軍の家治が翌七年に病没して家斉が十一代将軍となり、その後に続いて老中首座となった定信は、意次に隠居と謹慎を命じた。

田沼の家名は意明を当主とすることで保たれたものの、所領は陸奥下村に国替えをされ、旗本から城持ち大名となった証しに築かれた城を公儀に没収され、石高は当初の五万七千石から一万石にまで減らされた。

清志郎の学問と竜之介の武術が何の支えにもならない処分は定信を意次の代わりとする、幕府の新たな体制の始まりであった。

田沼派はあっけなく崩壊し、養子に出された意次の息子たちは次々に義絶され、娘は嫁ぎ先から離縁された。忠成の義理の父である水野忠友も跡継ぎの養嗣子に迎えた四男を、意次が老中職を辞した直後に廃嫡している。

そして清志郎と竜之介兄弟の父は奥右筆の職を解かれた失意の内に病に果て、母も看病疲れと心労の末、後を追うように亡くなった。家督を継いだ清志郎は亡き父と同じ奥右筆どころか何の役職に就くのも許されず、竜之介は無役の兄の厄介者の、ただの部屋住みとして生きるしかなくなったのだ――。

「私は気づいておったぞ。あの頃のおぬしが死に急いでおったことを」

「兄上⁉」

「だが、今は違うであろう」

動揺を隠せぬ竜之介に、清志郎は微笑みかけた。

能面が元の顔に戻っている。完全に覚悟が決まったらしい。

「忠は私が必ず救う。達者で暮らせよ」

告げると同時に清志郎は腰を上げた。

部屋の床の間に歩み寄り、刀掛けに手を伸ばす。

その背中に竜之介は迫るや、迷わず手刀を振り下ろす。

首筋を一撃され、たちまち清志郎は気を失った。

「お許しくだされ、兄上。それがしに越中守様を討ってくれと申されなんだこと、心よりかたじけのう存じまする」

よろめく清志郎を抱き留めて、竜之介は詫びる。

言われた通り、二年前の竜之介は絶望していた。

一族の期待の星だった従兄弟を守れず、謹慎に処されて会うことも許されなくなった伯父どころか、兄の役にさえ立てない己の無力を思い知り、死を望むに至った。本当に武士を否定できる強さがあるならば、直参狩りを働く無頼の連中の手にかかって果ててもいい。本気でそう思う程、生きる気力を失っていた。

そんな竜之介を救ってくれたのが、弓香と多門。

風見家に婿入りして弓香と結ばれ、一児の父となった今は、命を粗末にする気など有りはしない。

絶望の淵から脱した竜之介が望むのはまず風見家を守るため、小姓として日々の御用に勤しむこと。その上で、清志郎を才が活きる役職に就かせたいと常々願っていた。

清志郎は武芸の腕こそ並だが、博識で能筆だ。

無役でも前向きに生きている兄のため、そして竜之介にとっては甥に当たる二人の息子の将来のために力となり、他家に婿入りした竜之介は名乗れぬ田沼の姓を冠する直参旗本として、世間に恥じぬ立場となってほしい。

小姓から御側御用取次に、願わくば若年寄から老中にと立身出世の野望が尽きない同役の面々に比べればささやかな願いだが、自分にできるのはそこまでと竜之介は自覚している。家斉から少々気に入られただけで大名である田沼の本家も復権させられると思う程、思い上がってはいなかった。

本家の当主である意明は、家斉と同じ十七歳。

定信から見れば、まだ一人前とは呼べぬ歳だ。

一万石という大名として最低の石高にされたばかりか、新たな領国の陸奥下村に入国するのを許されず、江戸常府という形で幕府の監視下に置かれている。定信が老中首座である限り、石高は旧に復するのは難しいだろう。

それでも希望さえ捨てずにいれば、いつか和解できる日も来るはずだ。

定信を斬ることなく、忠の身柄を取り戻すのだ——。

六

「……殿様は一体、何をしておられるのでしょうね……」

清志郎の屋敷の表では、弓香が焦りを募らせていた。

「急いてはなりませぬぞ、奥方様」

帳助は声を潜めて告げながらも、屋敷の門から目を離さずにいる。

門の前には若い足軽の篠田が立ち、いつものごとく番をしていた。

竜之介に叱られて落ち着きを取り戻し、平静を装っていることを物陰に身を潜めた二人は知らない。

「あの門番、忠さんのことを知らされておらぬのか？　薄情な……」

「委細を承知の上で何食わぬ顔をしておるのやもしれませぬぞ。お屋敷を守る門番が慌てふためいておっては、ご家中に変事が起きたと気取《けど》られます。そのぐらいお察しくださいまし」

「お黙りなさい。私に説教をできる分際ですかっ」

立腹した弓香は帳助を睨み付けた。

「ひっ」

思わず帳助は首をすくめる。

弾みでずれた眼鏡の端に、門前に差しかかった男の姿が映る。

弓香も気が付いたらしい。

「あの浪人か儒者か分からぬ男、少し前にも通りましたね」

「間違いありませぬ。最初に見た時は人違いかと思いましたが、あれは太平記読みの木葉刀庵ですよ」

「何者か存じておるのですか、帳助」

「はい。江戸に下って参ったのは年が明けてからのことですが、大層な人気を博しております る。奥方様もご存じの通り、太平記読みというても辻講釈と軍略家では別物ですが、あの刀庵は両方に長けておるゆえ、町の衆と大名お旗本の双方から等しく支持を得ているそうです」

「それ程の者がなぜ、清志郎様のお屋敷を？　お前の言う通りならば、売り込みなどせずとも十分に儲かっておるでしょうに」

「出入り先が多いに越したことはありませぬからね。上方《かみがた》の者なれば、田沼様のご家名を忌み嫌うこともございますまい」

「いずれにしても、こたびのかどわかしとは関わりなき者でしょう。放っておきなさい」

「ははっ」

小声で語り合う二人をよそに、刀庵は門前を通り過ぎていく。

忠の身柄を確保したとの知らせを新左から受け、様子を見に出張ってきたのを弓香と帳助は知らない。

「それにしても、ただならぬ腕前だこと」

「何とされました、奥方様」

「あの男、尋常ならざる剣の遣い手ですよ」

「真ですか？　弁が立つのは講釈を聴いておるので分かりまするが」

「あれ程の手練は久方ぶりです。殿様でも太刀打ちできるかどうか……」

遠ざかる背中を見送り、弓香は呟く。

夕暮れの迫る空の下、凛々しい美貌を強張らせている。

丸腰であっても侮れない、刀庵の貫禄と気迫を感じ取ってのことだった。

七

竜之介が清志郎の屋敷を出たのは日が沈む間際だった。

「大儀。この家《や》の守り、しかと頼むぞ」

言われた通りに平静を装って番を務める篠田をねぎらい、門を潜る。

門前で見張っていた弓香と帳助は一足違いで戻った後。二人が近くにいたことなど、元より知らない竜之介である。

失神させた清志郎は心労で倒れてしまったと称して静江に任せ、孝と仁にも心配をしないように言い聞かせてきた。

清志郎は恥を知る男だ。未熟な剣の技量も省みず、無茶をしようとして弟に気絶させられたとは、家族にも明かすまい。

「ぶるる……」

「案ずるには及ばぬぞ、疾風。おぬしも今日は大儀であったな」

竜之介は愛馬に語りかけながら、共に歩いて家路を辿る。日没後に市中で馬に乗るのは御法度なのだ。

「殿様！」

夕暮れ空の下、何者かが竜之介に呼びかけながら駆けてくる。

見れば左吉と右吉、茂七の三人だった。

「おぬしたちか。何とした」

「殿をお迎えに行けと、カシラが」

「疾風をご直々に連れ帰って頂くわけにも参りませんし……」

左吉と右吉が竜之介に言った。

「おいおい、それだけじゃないだろうが」

茂七が勢い込んで口を挟んだ。

年上の二人を押しのけ、竜之介の前にしゃしゃり出る。

「殿様、いいお知らせでございやす。糸口がありやしたよ！　兄いたちも見つけられなかったのを、あっしらがめっけたんでさ！」

「何としたのだ茂七。詳しゅう聞かせよ」

疾風を左吉と右吉に任せ、竜之介は茂七と向き合う。

「かどわかされなすったのは、実は甥御様だけじゃありやせんでした」

「他にもおったと申すのか？」

鼻息も荒く報告する茂七に竜之介は問いかける。

「弟弟子たちに悪さをさせていた、あの悪たれですよ」

轡を取りながら左吉が補足した。

「柴信一郎のことか」

「はい。甥御様を自分の屋敷に連れて帰るところを、見た者がおりました」

右吉が脇から言い添えた。

「そのお屋敷の様子もおかしいんですよ、殿様」

茂七が再び話に割り込んだ。

「これは怪しいってんであっしらが訪ねてみたら、ちょうどご家来衆が荷物をまとめて出ていくとこだったんで」

「真か」

「へい。お侍も中間も命からがらって感じでござんしてね。呼び止めて訳を訊いてみたら、こんなお屋敷にいたら命が幾つあっても足りやしない、若様も田沼の子供も無理やり連れていかれたし、柴家はもうお終いだって言っておりやしたよ」

「信一郎が忠を屋敷に連れ帰り、その信一郎が連れていかれたということか……辻褄《つじつま》は合っておるな」

竜之介は呟くと、再び茂七に問いかけた。

「柴の家中の者たちは、誰が信一郎と忠をかどわかしたのか言うておったか？　それ程までに怯えて逃げたということは間違いのう、連れ去る現場を見ておるはずだぞ」

「そこは頑として口を割らねぇんで。どうやら侍も中間も相手とやり合ったみてぇで、木刀か何かで打たれた痕がありやした」

「恐らく木刀ではなく峰打ちであろう。まともに打たれれば痕が残るだけでは済まぬからな」

「そうなんですかい。木刀なんざ、ただの飾りと思ってましたがねぇ」

竜之介の言葉に驚いた茂七は後ろ腰に手を伸ばし、木刀の柄を撫でる。

「相手はよほどの腕利きを従えておるようだな……」

竜之介はひとりごちると、三人に視線を戻す。

「おぬしたち、大儀であったな。疾風を頼むぞ」

労をねぎらうなり、踵を返す。

「殿様、お帰りになられないんですかい」

茂七が慌てて呼びかけた。

「柴家へ参る。当主の伊織から直々に子細を訊き出すゆえ、後は任せよ」

肩越しに答えながらも、竜之介の足の運びは止まらない。

まだ気を失ったままであろう清志郎を蘇生させ、共に連れていくつもりであった。

八

柴家の門前に番をする者はいなかった
門の内にも家来たちの姿は見当たらず、脇の潜り戸は開いたまま。
無人の玄関は衝立が破れ、障子が桟ごと壊れている。
何者かが乗り込み、乱闘に及んだのは明らかだった。
「大事ないのか、竜之介」
不安を隠せぬ清志郎の先に立ち、竜之介は玄関に上がり込む。
足下に組紐が落ちていた。刀の下緒《さげお》だ。

拾い上げ、歩きながら束ね持つ。

廊下を渡った先の部屋から酒の臭いが漂い出ている。

障子が開け放たれた敷居際に立ち、竜之介と清志郎は部屋の中を見やる。

伊織は徳利をずらりと並べ、手酌で酔い痴れていた。

「なーにものだぁ？　この酒ならば分けてはやれぬぞぉ。あるじに足で砂をかけて出ていきおった、家来どもの置き土産なのでなぁ。飲み尽くしてやらねば気が済まんわい。はははははは」

敷居際に立った二人に目も向けず、杯代わりの丼を傾ける伊織はろれつが回っていない。着流しの袖を捲《まく》り、むき出しにした腕には下緒で縛られた痕がくっきりと残っていた。

「案内も請わずにご無礼つかまつった。それがしは風見竜之介と申す」

「兄の田沼清志郎にござる」

「田沼だと？　ふん、その顔から察するに主殿頭の身内だな。弟のほうはまるで似ておらぬなぁ」

敷居際に膝を揃えて名乗った兄弟を、伊織は赤ら顔で見返す。二人が来る前にかなりの量の酒を飲んだのか、鼻の頭まで赤く染まっていた。

「潜り戸の隙間からご門の内を拝見致し、何かよからぬことでもあったのかと思うたのだ」

清志郎は嘲られても怒ることなく、伊織に向かって語りかけた。

「くっ、あの玄関の有様か？」

伊織は苦笑しながら、丼に満たした酒を乾す。

「ぷはっ……あれも家来どもの置き土産よ。もはや借りる当てもない、給金は払えぬと言うてやったら、腹いせに暴れていきおったのだ。ふふ、とんだ最後っ屁《ぺ》をかまされてしもうたわ。貧乏はしたくないものよのぉ」

自嘲が止まぬ伊織を黙って見つめながら、竜之介は察していた。

伊織は嘘をついている。家来たちは屋敷を去る間際に哀れなあるじの縛《いまし》めを解き、わざと酒徳利を置いていったに違いない。

察しがついたのは、清志郎も同じであるらしい。

「柴殿、今は酒など食ろうておるどころではござるまい」

「何を申すか。昼日中であればいざ知らず、日も沈んだ後に酔うことの何が悪い？　そもそも俺は無役の身。登城の太鼓が鳴るのに備えて酒を控える責など負うておらぬわ」

「されど、親としての責があるだろう」

清志郎は敷居を越え、膝立ちとなって伊織に迫った。

「貴殿のお子が私の息子をこちらに連れ参るのを見た者たちがおる。信一郎殿は何処だ」

「倅ならば親戚の家に行かせたわ。父親がこの体《てい》たらくでは碌に世話もしてやれぬのでなぁ。はは、せめてもの親心というやつよ」

「そのご親戚の住まいを教えて貰おう。私の息子がどこにおるのか、直に話が聞きたい」

「教えるわけには参らぬし、おぬしが倅のことなど与《あずか》り知らぬわ。いい加減に帰ってくれぬか?」

伊織は鬱陶しそうに手を打ち振った。野良犬を追い払うかのようなしぐさだった。

「柴殿、偽りを並べ立てるのも大概になされよ」

それでも清志郎は食い下がった。

茂七らがもたらした情報は今のところ、忠の行方を捜す唯一の手がかりだ。

柴伊織はかどわかした者について知っている。

知っていながら、何一つ明かそうとはしないのだ。

「柴殿っ」

「くどいのう。全て本当のことだと申すに……」

伊織は清志郎を相手にすることなく、新たな徳利に手を伸ばした。

「待たれよ」

さっと清志郎が徳利を取り上げた。

やっと見つけた手がかりを不意にすまいと懸命だったが、それでも伊織は取り合おうとはしなかった。

「顔に似合わず厚かましい奴だな。飲みたいならば好きにせい」

「酒などはどうでもいい。息子がどこに連れ去られたのか教えてくれ。頼む柴殿、この通りだっ」

取り上げた徳利を脇に置き、清志郎は深々と頭を下げた。

「俺は寝る。飲んだら帰れ」

つれなく告げた伊織は清志郎に尻を向け、手枕で横になった。

早々に立て始めた寝息は、明らかな狸寝入り。叩き起こしたところで、どうせ同じことの繰り返しだろう。

この男が進んで悪事に手を貸しているとは、竜之介には思えなかった。

やけ酒に酔い痴れていても、身のこなしから武術の心得が感じ取れる。

体つきも引き締まっており、長きに亘《わた》って鍛錬を積んできたと分かる。

竜之介が今日の当番明けに御城中の詰所で目にした、現役の新番士たちよりも腕は立つだろう。

それ程の男がここまで白《しら》を切り通すのは、何か相手に弱みを握られているがゆえに違いあるまい。

信一郎もかどわかしの共犯者として忠を連れてきたのではなく、父親を盾に取られ、やむなく手を貸しただけではないだろうか。

姿が見当たらぬのは忠と共に別の場所へ連れ去られたからであり、我が子を人質にされたのは伊織も同じなのではあるまいか——。

いずれにしても、粘ったところで埒が明きそうにはない。

「兄上」

「…………くっ」

竜之介に促され、清志郎は腰を上げた。

憤然と廊下に出ると、音を立てて障子を閉める。

安酒の臭いが漂う部屋の中、伊織はまだ狸寝入りを続けていた。

九

中洲新地の普請場では無宿人たちが作業を終え、食事と仮眠を取るための小屋にぎゅうぎゅう詰めにされていた。

忠と信一郎も扱いは同じだった。

「おらガキども、とっとと入んな」

「明日も朝からみっちり働いて貰うぜ。しっかり食って寝るこった」

一同をこき使った佐渡屋の手代たちは近くの仕舞屋に寝泊まりし、夜間は交代で小屋の見張りに立っていた。行き場のない無宿人たちだけだった時とは違って、忠と信一郎がいるからだ。

あるじの紋蔵はあれから東両国《ひがしりようごく》に構える店に引き揚げ、番頭の徳次《とくじ》が手代たちを仕切っている。店で紋蔵を手伝う番頭は他におり、徳次は汚れ仕事の専任であるらしい。

「大事ないか、田沼」

「大丈夫だよ。そっちこそ、傷は痛まないかい」

信一郎は小屋の片隅に忠と並んで座り、声を低めて語り合う。

無宿人たちは板敷きの床に体を丸め、既に眠りに落ちていた。

与えられた空間は、せいぜい一畳に三人といったところ。

小伝馬町《こでんまちょう》の牢屋敷に初めて投獄され、牢役人と呼ばれる古株の連中に虐待される囚人と大して変わらぬ扱いだった。

夕餉に与えられたのは味噌雑炊。

くず米を適当に煮ただけで出汁《だし》も味噌も薄かったが、無宿人たちにとってはご馳走らしい。

作業中は生気を失った顔をしていた無宿人たちも食事となると目の色が変わって先を争い、忠と信一郎も負けじと各自一つずつ与えられた椀を鍋に突っ込んで、すくい取ったのを箸も使わずに啜り込んだ。

そもそも箸など最初から用意されておらず、飯を食うのも水を飲むのもこの椀一つで済ませなくてはならないのだ。

「これからどうなるのかなぁ」

「安心しろ。お前は俺が必ず守るよ」

「ありがと」

励ます信一郎に微笑むと、忠は目を閉じる。

すぐ寝息を立て始めた友を横にして、信一郎は静かに息を継ぐ。

切れた唇の傷を舐めつつ、信一郎が漏らす息は白い。

大勢が詰め込まれていながら、小屋の中は冷えきっている。いまだ花冷えが続く中、安普請の小屋に絶えず吹き込む夜風は潮の香りが強い。

この中洲新地の流域は大川と江戸湾の境目で、吹く風も川風と海風が入り交じっているという。

以前に父子二人で遊びに来た時、伊織が教えてくれたことである。同役の佐野政言が御城中で事件を起こし、共犯の疑いをかけられた父が御役御免にされるとは、想像もしていなかった頃の話だ。

当時の伊織は信一郎にとって、理想の大人であった。

一人息子に厳しく文武を指導するだけではなく、自身も御城内を守る役目を全うすべく鍛錬に日々勤しむ一方、我が子の手本となるべく学問も怠らずにいたものだ。

それでいて堅物というわけではなく、非番の折には信一郎を浅草《あさくさ》の奥山《おくやま》や両国広小路、そして中洲新地とあちこちの盛り場に連れ出し、日頃の厳しさから一転して大いに遊ばせてくれた。

こうした盛り場には旗本や御家人に難癖をつけ、金を脅し取る無頼の徒もしばしば出没するが伊織は動じることなく追い払い、匕首を向けられても難なく取り上げ、居合わせた町人たちから喝采を集めたものだった。

そんな父が見る影もなく落ちぶれたのは金のせいだ。

衣食住という、生きるために必要なものに不自由することが、あれ程までに人を変えてしまうのだ。

両国橋を東に渡った先の本所南割下水《ほんじょみなみわりげすい》の辺りで暮らす無役の御家人たちの貧窮ぶりはさらに酷く、秘かに身を売る妻女や娘も多いという。町道場に通い始め、御家人の伜たちを子分にするようになって知ったことだ。

無役なのは同じでも、旗本はまだ恵まれている。

ならば、なぜ再起を図ろうとしないのか。

伊織は人の親なのだ。それも息子にとって自慢の父だったのだ。

勝手に諦めないでほしい。失望させないでほしい。手伝えることがあるのなら、何でも言ってもらいたい。

だが、今となってはどうにもならない。

紋蔵を手先に使う門屋新左は、忠の叔父の風見竜之介に何か危険な真似をさせようとしている。

人質を取ってまで無理強いするということは、よほどの大事に違いない。悪党どもが望む以上、碌なことではないはずだ。

竜之介にそんな真似などさせたくない。

かつての父よりもさらに強く颯爽とした、叔父を慕う忠が羨ましくなる程の人物に、手を汚してほしくはなかった。

そのためには、忠をここから逃がすことが必要だ。

隙を見出した時は迷うことなく、そうしたい。

厨子王《ずしおう》を逃がし、さんしょう大夫父子になぶり殺しにされてしまった安寿《あんじゅ》と同じ目に遭わされても構うまい。

父の伊織が落ちぶれたまま再起の兆しも見せてくれない信一郎は、もはや希望を失った身だ。

だが、忠には希望がある。

叔父の竜之介だけではなく、父親の清志郎も伊織と同じ無役でありながら前向きに毎日を生きている。

そんな大人たちの後を継ぐ忠を助けたい。

たとえ、この身に替えてでも——。

「父上ぇ」

夢うつつの忠が寝返りを打ち、夜着の代わりの筵がめくれる。

心の底から羨ましいと思いつつ、筵をかけ直してやる信一郎だった。

十

夜が明け、三月三日の朝が来た。

桃の節句を迎え、町の雰囲気はいつもより明るい。

しかし、登城する竜之介の一行は暗く沈んでいた。

中間たちは殆ど眠っておらず、彦馬と権平は一睡もしていない。

疾風に乗った竜之介も、明け方まで目が冴えたままだった。

御城中ではいつもの日常が始まっていた。

「苦しゅうない。皆、今日も励めよ」

稽古を終えてきた家斉は汗を拭くのもそこそこに、忠成に御刀持ちをさせて大奥に渡っていった。中食を茂姫と共にするためだ。

将軍夫婦の仲は変わらず良好。

定信とのやり取りも順調な様子であった。

「風見、後を頼むぞ」

「心得ました」

忠成と交代し、竜之介は家斉の御刀を捧げ持った。

なぜか大奥に渡る時だけ御刀持ちの役目から外されるようになった竜之介だが、中奥では以前と変わることなく仰せつかる。

忠成が休憩のために退出した御座の間では、家斉が奢侈禁令の実施を定信に命じているところだった。

「札差どもの反発は必至であろうが、それを承知の上と申すのならば余も是非には及ばぬ。越中、良きに計らえ」

「ははっ」

御座の間の下段に座った定信は、上段の家斉に向かって頭を下げた。

用心深い定信も、今ならば隙がある。

武家の心得として平伏する際に脇を締め、腰を浮かせぬようにすることで不意に組みつかれた時に備えてはいるものの、それはあくまで教科書通りの備えでしかない。

竜之介が家斉の後ろから跳び出して刀の鞘を払い、がら空きになった頭上から斬り下ろし、返す刃で脾腹《ひばら》を貫けば定信の命は尽きるのだ。

当然、竜之介もこの場で小姓たちに成敗されるだろうが、裁きは佐野政言と同じ乱心として処理され、風見家が改易されても清志郎の一家にまで累は及ぶまい。忠の身柄を取り返すことだけを考えれば、そうすべきだろう。

竜之介は捧げ持った刀に目を向けた。

将軍の普段の差料は地味な拵だ。

儀式の場では太刀と共に華やかな拵のものが用意されるが、平常の差料は臣下の旗本や御家人と似たような黒鞘に納められている。

つまりは竜之介の刀とさほど変わらず、扱いに手間取ることもない。

それでいて鞘の内は古の名刀のはずであり、鞘に納めたまま手にしていても振りやすいのが分かる。

この一振りで腕に覚えの技を発揮し、定信を斬り伏せるのは容易い。

しかし、そんな考えを実行に移すわけにはいかなかった。

定信がいなくなれば、天下の御政道は確実に破綻を来す。代わりに幕政を牽引できる者など、一人もいないからだ。

定信は幕閣のお歴々から田沼派を一掃した上で、自分が頂点に立つことを前提に人事を刷新した。

御側御用取次と側用人、老中に若年寄、大番頭《おおばんがしら》と勘定奉行。

いずれも定信が白河十一万石の一大名だった頃から交流を持ち、一人ずつ味方に取り込んできた者たちだが、彼らはあくまで定信の手足にしかなれぬ存在だ。

定信は良くも悪くも閉塞した現状を打破するために方針を打ち出し、実現させることへの確固たる意志を持っている。

だが、他のお歴々には意志も信念もない。

家斉が強く異を唱えれば、即座に受け入れてしまうことだろう。

定信のごとく家斉を辛抱強く説得し、知識に欠けることがあれば理解するまで教え、煙たがられても承認を取り付けるまで粘り続けようとは、考えもしないだろう。

家斉の実の父親で一橋徳川家の当主の治済、そして治済と共に将軍を後見する尾張《おわり》と水戸《みと》の徳川両家も、定信と同様には政に取り組めまい。

治済が家基に定信と競争相手を押しのけ、我が子を十一代将軍とすることに固執した目的も、詰まるところは一橋徳川家の安泰と己の保身。

我が子に持たせた権威の下で思う存分威張り散らし、贅沢な暮らしを送りたかっただけなのは、家斉が将軍職に就いた後の有様を見れば分かる。

厳しい政策を打ち出す裏で己を律し、質素倹約を自らに課し、常に信念を持って政治に取り組んでいるのは松平越中守定信、ただ一人。

清廉潔白に過ぎるとはいえ見上げた人物なのは間違いなく、今の将軍家に不可欠な人材だった。

その定信を竜之介が自分の都合で亡き者とするのは、主君の家斉に対する裏切り。

徳川の禄を食む旗本として、やってはならないことなのだ――。

「風見」

俊作の呼びかける声が聞こえた。

懊悩《おうのう》している間に半刻が経ち、交代の時間が来たらしい。

「お頼み申す」

後を任せた竜之介は家斉と定信に一礼し、御座の間を後にした。

十一

廊下に出た竜之介は、そっと両足を踏み締めた。

少しでも気を抜けば、家斉の御前で転んでいたに違いなかった。

手練の竜之介が何もない所で転倒するなど、考えられぬ話である。

家斉ばかりか定信にも不審を抱かれ、身辺まで調べられれば、忠がいなくなった事実が露見するのも時間の問題。

表沙汰になれば目付が動き、相手は忠を始末しかねない。

居場所を突き止め、身柄を取り返す算段がつくまでは、事件の発覚は絶対に避けねばなるまい。

「先輩」

気を取り直して歩き出したところに、十兵衛の声がした。

「倉田か。何としたのだ」

竜之介は平静を装って問い返す。

「何としたのは先輩でしょう。一体どうされたのです」

様子がおかしいと勘付かれたらしい。

「少しお話ししましょうか」

十兵衛の呼びかけに竜之介は無言で頷く。

一人で抱え込んでいるのも、もはや限界。

それに十兵衛ならば、子細を明かしたところで口外はしないだろう。忠を救出する手助けにはならずとも、話を聞いてくれるだけで十分だった。


「水臭いですよ、先輩。一度ならず二度までも……」

二人きりになった竜之介が話を終えると、十兵衛は眉を顰めて言った。

「こういうことは私の得意とするところです。どうして昨日の内に相談してくださらなかったのですか」

「そうは言うてもかどわかしだぞ。失せ物探しとは訳が違う」

「人も失せ物に変わりはありません。ここは犬の力の借りどころですよ」

「当てになると申すのか」

「犬が臭いを嗅ぎ分け、追う能力は人の領域を遥かに超えております。百倍どころか千倍、あるいはそれ以上でございましょう」

「真か、倉田っ」

竜之介は思わず身を乗り出した。

「その秀でし力を以てすれば、子供たちを見つけ出せると申すのだな?」

「建物の中に囚われておれば難しいでしょうが、少なくとも近くまで辿り着くことは可能でしょう」

「居場所さえ突き止められれば十分だ。入り込む策など、後から講じても遅くはあるまい」

「されば、今すぐ参りましょう。善は急げです」

「待て倉田、御用はどうする」

「そこは私にお任せください。嘘も方便ということで、ちょいと芝居を打つと致しましょう」

「芝居とな?」

「先輩は黙って頷いてくだされば良いのです。さ、お早く!」

十兵衛は竜之介を急き立てる。

その深い懐の中では定信の紙入れを奪って竜之介の危機を救った、盗癖のある柴の仔犬がすやすやと眠っていた。

「何っ、躾のために今から市中に連れて参るだと？」

小納戸頭取の杉山帯刀は、配下の思わぬ申し出に困惑した。十兵衛に請われて同席していた小姓頭取の金井頼母も、訳が分からぬ様子である。

「左様にございまする。機を逸してしもうては、これまで重ねし躾が無駄になってしまいますゆえ、お許しを頂けないでしょうか」

真面目な顔で訴える十兵衛の傍らでは、竜之介が黙って頷いている。

町中に連れ出した仔犬が逃げるのを防ぐため、定信毒殺未遂の一件を機に懐いた竜之介にも同行して貰いたいという、十兵衛からの申し出を踏まえてのことであった。

「待て倉田、おぬしも風見も今はお勤め中だぞ。左様なことは非番の折に致せばよかろう」

「恐れながら、これは大奥より仰せつかりし御用です。御役目なれば当番の日に行わなければなりますまい」

「そもそも市中に連れ参る理由とは何なのだ」

「この仔は大奥生まれの大奥育ちで下界の苦労を知らぬがゆえ、悪しき癖がついてしまっております。そこで躾として盗みを働くたびに罰を与えて参りましたが、人も犬も体ではなく頭で分からせなければ、真に反省したことになりませぬ。そこで仕上げに下々《しもじも》の有様を、有り体《てい》に申さば無宿人の暮らしをとくと見せ、本当に盗みを働かざるを得ないのはここまで追いつめられた者なのだと、実地に教えたいのでございます」

「ふむ、確かにおぬしの申す通りやもしれぬの」

頼母が十兵衛に同意を示した。

「大奥の御用とあれば是非もなし。杉山殿、宜しいのではござらぬか」

「風見を貸して貰うて構わぬのか、金井殿」

「本日の御用はさほど繁多ではござらぬゆえ、風見がしばし抜けたところで大事はあるまい。越中守様にはそれがしから申し上げておこう」

「それは重畳《ちょうじょう》。犬猫の躾は我らには分からぬことなれば、倉田の判じた通りにさせるしかござるまい」

「さればお許し頂けますするか？」

「良かろう。ただし、夜には戻って参るのだぞ」

「左様。風見は不寝番だからの」

許可を与えた帯刀に続き、頼母が釘を刺した。

「かたじけのう存じ上げまする」

十兵衛が帯刀と頼母に向かって平伏した。膝元に座らせた仔犬の頭にそっと手を置き、下げさせるのも忘れない。

そんな一人と一匹と共に平伏しながら、竜之介は十兵衛の役者ぶりに感心せずにはいられなかった。

十二

下城した竜之介はそれぞれの屋敷に一旦戻って裃を脱ぎ、平服の羽織袴に装いを改めた上で落ち合った。

集合したのは同じ神田にある十兵衛の屋敷だった。

「おぬしが言うておった鼻の利く犬とは、雷電《らいでん》のことであったのか」

「大きくなったでしょう」

「久方ぶりだな雷電。おお、たくましくなりおって」

十兵衛が連れてきた白い犬に、竜之介は懐かしそうに呼びかける。

竜之介のことを思い出したのか、犬も体をすり寄せてきた。

全身を覆う毛は直毛で硬い感触だが、その下に生えた毛の手触りは思わず笑みを誘う程に柔らかい。

全身が引き締まっており、特に首元の筋肉が太かった。

尾も太く、鎌のごとく先が前を向いている。

この雷電は少年の頃から竜之介と親しかった十兵衛が、在りし日の意次に授けられた紀州犬。元は紀伊の山地にて狩猟に従事した種で、江戸では体が鈍ると十兵衛は案じ、知り合いの猟師にしばらく預けたのだ。

「離れるのは辛うございましたが、甲斐犬《かいけん》たちに交じって鍛えさせた甲斐がありましたよ。十分お役に立つことでしょう」

竜之介に告げる十兵衛も、満足そうな笑みを浮かべていた。


雷電との再会を喜び合った竜之介は、持参の小手を十兵衛に渡した。

清志郎には理由を明かさず、静江から借り受けたのである。

「忠が入門したての頃に買うてやったものだ。使えそうか？」

「この汗の染み具合、うってつけですよ」

十兵衛は小手を雷電の前に持っていき、存分に臭いを嗅がせた。

その懐には預かりものの柴の仔犬。今し方まで雷電と遊んでおり、まだ物足りぬようにくんくん言っていた。

すっと雷電が首を上げた。

十兵衛の屋敷を後にして、臭いをたどりながら足を進める。

日の本の犬としては大型の部類だけに、進み行く姿は堂々たるもの。

十兵衛と竜之介は付かず離れず、その後を追っていく。

神田から両国橋の西詰に出た雷電は、大川沿いに新大橋へ向かった。

橋の袂を通過して、進む先には大洲新地。

寂れた目抜き通りを真っ直ぐに、護岸の普請場を目指していく。

「あ？　何だ、この犬」

「江戸じゃ見かけないやつだな」

目敏く気づいたのは、仕舞屋から監視役を交代しに出てきた手代たち。

雷電は足を止め、威嚇の唸りを以て応じた。

「な、何だよぉ」

「気をつけろっ」

甲州の山で猪に熊まで相手取ってきた狩猟犬の気迫に、荒くれの手代たちも圧《お》されていた。

「どうした、情けねぇ声出して」

仕舞屋から徳次が出てきた。

力士あがりの巨体が迫っても、雷電は動じない。

「こいつ、俺に喧嘩を売ってやがるのか？」

徳次の目に怒りが浮かんだ。

「待て待て、これは私の犬だ」

止めに入ったのは十兵衛だった。

しかし、徳次は聞く耳を持たない。自分に劣らぬ大男、それも武士を前にしながら、全く動じていなかった。

「何だサンピン、犬ころの散歩ならよそへ行きな」

「おぬしたち、あの普請場の番人か」

問いかけたのは、十兵衛の後に続いて現れた竜之介。

「だったら何でぇ」

竜之介の漂わせる迫力に圧されながらも引き下がらず、徳次は行く手の道に立ちふさがった。

「こっから先は佐渡屋以外のもんは通れねぇよ。おさむれぇさん方、帰ってくんな」

「左様なわけには参らぬ。尋ね人がおるやもしれぬのだ」

「この野郎、人が下手《したで》に出たらふざけやがって！」

徳次が竜之介に歯を剝いた。

「おめぇら、構わねぇからやっちまえ」

「へいっ」

手代たちが徳次に代わって前に出た。

真っ先に殴られたのは、喧嘩慣れをしてない十兵衛だった。

「この野郎、とんだ見掛け倒しだぜ」

「やっちまえ」

手代たちは嵩にかかって十兵衛を殴りつける。

その襟首を竜之介が引っ摑んだ。

同時に足払いを食らわせ、転んだところを踏みつける。

雷電も後れを取らず、二人目の手代に跳びかかる。

「うわっ」

体当たりで吹っ飛ばされた手代を尻目に、忠犬は三人目に襲いかかった。

「助かったよ、雷電」

解放された十兵衛が安堵の声を上げる。

その懐から柴の仔犬が跳び出した。

「あっ！」

「おっと、逃がしゃしないぜ」

追おうとした十兵衛を徳次が阻み、太い腕で締め上げる。

「は、離してくれ……」

もがく十兵衛の視界から仔犬が遠ざかっていく。

「倉田、追えっ」

竜之介は告げると同時に徳次の脛《すね》に蹴りつけた。

「うおっ」

堪らずに巨体がよろめき、十兵衛はさば折りから逃れた。

咳込みながら駆け出すも、既に仔犬の姿は見当たらない。

雷電は手代たちを蹴散らしながらも、忠の臭いがするらしい普請場を気にしている。

竜之介も目を凝らしたが、見えるのは疲れきった様子で土を運ぶ、無宿人の男たちばかり。

徳次らの後ろ暗そうな様子から察するに、あの普請場に忠と信一郎が囚われているのは間違いあるまい。

しかし、逃げた仔犬も放ってはおけない。

「雷電、戻れっ」

一声告げると竜之介は走り出す。

この場は一時撤退するより他になかった。

十三

仔犬は大川沿いに元来た道を駆けていた。

両国橋の袂を過ぎた先には、櫛《くし》の歯状に並んだ船着き場。

荷揚げされた俵が続々と御米蔵に運び込まれ、あるいは運び出されていく。

仔犬は御米蔵の敷地内には入り込まず、蔵前の通りに出た。

米俵を積んだ荷車が通り過ぎた後に米粒が散らばっている。

その米粒を、小さな子供が丹念に拾い集めていた。

トコトコ近寄った仔犬と子供の視線が合った。

「あっ、お犬さん」

先に駆け寄ったのは末松だった。

「かわいいー。ふわふわー」

無邪気な声を上げながら抱っこするのを嫌がらず、仔犬は末松の顔をぺろぺろ舐める。

「何だい何だい、人様の店先で汚いガキと犬っころが！」

冷たい声を浴びせてきたのは、ちょうど出かけるところだった新左。

「そいつぁを米を拾いに通ってくる坊ずですよ、旦那」

「食うに事欠いてのことでござんしょう。大目に見てやってくだせぇまし」

荷車を引いてきた人足たちが、庇うように新左に言った。

「うるさいねぇ！　あたしゃ指図をされるのが大嫌いなんだよっ」

人足たちを追っ払った新左は、末松と仔犬を睨み付けた。

「気分を悪くさせやがって、ちょいとお仕置きをしてやろうかね」

「ひっ」

勝手なことを言いながら迫る新左に怯えながらも、末松は仔犬を守ろうと胸に抱く。

その腕から、ひょいと仔犬が抜け出した。

跳びついたのは新左の足。

とっとっとっと伝い登るや、もこもこした頭を懐に突っ込んだ。

「な、何をするんだい⁉」

驚く新左に構うことなく、仔犬は懐中の巾着袋に歯を立てた。

新左の胸元をぽんと蹴り、地面に降り立つ。

首から提げた紐が解け、仔犬は巾着を咥《くわ》えて駆け去った。

犬が嚙む力は侮れない。忠をかどわかした時の揉み合いで千切れたのを別の巾着に取り換えず、きつく結んでおけば大事ないと考えた新左は浅はかだった。

「お犬さん、待ってよぉ」

末松が仔犬を追って走り出す。

「あ、あたしの巾着！　錠前の鍵っ」

新左も泡を食って駆け出した。

しかし、雑踏を抜けていくのは子供が有利。

しかも末松は連日の米拾いで土地勘を養い、追われた時に逃げる道を幼いながらに知り抜いていた。

「つーかまえた」

仔犬を抱き上げ、路地に駆け込む。

「待て！　返せー‼」

気づかずに新左は通り過ぎていく。

「返せって、これのことかな？」

仔犬が巾着袋を咥えていると末松が知ったのは、その後のことだった。

十四

「しっかりせい、倉田」

「面目ありません、先輩……」

大川沿いの道を竜之介と十兵衛が歩いていた。

追っ手を振り切り、中洲新地を脱したばかりであった。

雷電は二人の側を歩きながら、心配そうに十兵衛を見上げている。

「大事ない。こやつは昔からこうなのだ」

安心させるように告げながらも、竜之介は焦りを覚えていた。

いなくなった仔犬の行方も案じられるが、普請場の様子も気にかかる。

まさか武家の子供があのような場所にいるはずがない。誰もがそう考えることだろう。その盲点を突いたとすれば、忠と信一郎が囚われている可能性は極めて高い。

雷電の鼻を信じて出向いた以上、このまま帰るわけにはいかなかった。

「ごほっ」

十兵衛が苦しげに咳込んだ。さば折りがよほど堪えたらしい。

「しばし休め。雷電、おぬしもな」

逸る気持ちを抑えつつ、竜之介は川風の吹き寄せる中で深呼吸をした。

何気なく上流へ視線を巡らせると、小さな二つの姿が見えた。

「あの子は、確か……」

子供の足下を柴の仔犬がちょろちょろしている。

「きゃん、きゃん」

無垢な鳴き声も間違いなく、預かりものの仔犬だった。

「末松！」

「あっ、かざみのとのさま」

末松が呼びかけに気づいた。

仔犬を抱き上げて駆けてくるのを、竜之介は満面の笑みで迎えた。

「難儀であったな。後のことは私に任せよ」

末松から話を聞いた竜之介は単身、普請場へ戻ることにした。

十兵衛に子供と犬たちを託してのことである。

「先輩、お一人で大事ありませぬのか」

「私よりも自分の心配を致せ。その顔のままでは御城に戻れまいぞ」

「参ったなぁ」

腫れてきた顔を歪めて、十兵衛は苦笑い。

「私の屋敷で休んで参れ。冷やせば少しはましになるであろう」

「お言葉に甘えます。その上で、ご家来衆を差し向けましょう」

「かたじけない」

十兵衛の気づかいに礼を述べながらも、竜之介は単独で片をつけるつもりであった。

忠のためには叔父として。

そして信一郎のためには縁あって知り合った一人の大人として、悪を許さぬ姿を見せてやりたい。

そんな決意を胸に秘め、大川沿いの道を戻り行くのであった。

十五

普請場には紋蔵も姿を見せていた。

小屋の中で忠と信一郎をいたぶっていたのである。

「何ぃ、妙なさむれぇの二人連れだと？」

「へい。一人はかなりの腕利きでござんした」

信一郎を殴っていた手を止めた紋蔵に、徳次は悔しそうに告げる。

「情けねぇこと言ってんじゃねぇよ。今度来やがったら、ただで帰すんじゃねぇぞ」

「し、承知しやした」

徳次はぺこりと頭を下げて、小屋から出た。

普請場の様子が何やらおかしい。

監視役の手代が一人も立っていないのだ。

ことごとく葦の茂みに打ち倒され、白目を剝いて動かずにいる。

「斬ってはおらぬ、峰打ちだ」

「こ、この野郎……」

「おぬしはどうする。私の刃は出方次第。斬られても文句を言うなよ」

脂汗を流し始めた徳次に、竜之介は低い声で申し渡した。

「ふ、ふざけるない！」

だっと徳次が突進してくる。

竜之介は手にした刀を鞘に納め、諸手で巨体を迎え撃つ。

さば折りを仕掛けてきたのをかわしざま、足払いで転倒させる。

仰向けに倒れた瞬間、竜之介がみぞおちに浴びせたのは肘打ち。

自ら五体を宙に舞わせ、刀の鞘を割らぬように気をつけながら、体重を乗せて叩き込んだのだ。

柔術ではその場で倒れ込んで浴びせる肘打ちに飛翔を加えることで小柄な体つきの不利を補う、竜之介独自の一手であった。

「な、何て野郎だ」

紋蔵は小屋の前で立ち尽くしていた。

もはや子供たちをいたぶるどころではない。

「忠と信一郎はその中か？」

「ひっ」

迫り来る竜之介の怒りの眼差しに、紋蔵は思わず悲鳴を上げる。

「その拳、今し方まで人を殴っておったな。子らに手を上げたのか」

竜之介は迫りながら拳を固めた。

動けぬ紋蔵の前に仁王立ちし、叩き込もうとした刹那。

「待たれい」

背後から制止する声が聞こえた。

精悍な声と同時に現れたのは、十手《じって》を手にした武士の一団。

町方役人用のものより太く、握りの拵も頑丈そうな十手であった。

「火付盗賊改、長谷川平蔵宣以である。これなる普請場にはかねてより無宿人を不当に使役しておる疑いがあり、取り調べに参った」

「……奥小姓、風見竜之介にござる」

竜之介はやむなく名乗りを返した。

素性が知れれば報告が行き、咎めを受けることになる。

子供たちを救ったツケは高いものになりそうであった。

二人がやり取りをしている間にも、配下の同心たちはきびきび動いていた。

続いて現れた小者と共に、気を失った徳次と手代どもを連行していく。

紋蔵も縄を打たれ、為す術もなく連れていかれた。

「父上」

「風見様」

小屋から忠と信一郎がよろめき出てきた。

「その子らは、貴公の存じ寄りか」

平蔵が竜之介に問いかけた。

「左様……甥とその友にござる」

「我らの捕物の先を越そうとしたのではなく、子供を救い出すために参られたのだな」

「それがしは何物にも替え難き、家の宝を取り戻しに参っただけのこと。元より他意はござらぬ」

「ならば良い」

平蔵は気のいい笑みを竜之介に返した。

「俺は何も見ておらん。聞いてもおらん。曲者どもは当方にて詮議致すゆえ貴公は早々にお帰りなされ」

「長谷川殿、かたじけない」

竜之介は一礼し、二人の少年を連れて歩き出す。

汗ばんだ肌に潮交じりの風が心地よい。

それは御先手弓組の猛者にして、就任早々に盗人を震え上がらせていると評判の火付盗賊改と竜之介の、初めての出会いであった。

第六章　葵《あおい》の覆面剣士

一

火付盗賊改による取り調べ後、町奉行所に身柄を引き渡された佐渡屋紋蔵と番頭の徳次及び手代たちは、小伝馬町牢屋敷に収監された。

無宿人たちを不当に使役した罪こそ認めた紋蔵だが、黒幕である門屋新左の名前は一切出さなかった。

新左を庇って恩に着せ、裏から手を回して貰って無罪放免となるのを期してのことである。忠と信一郎を監禁した件がなぜか不問に付されたのは不幸中の幸いだった。

「いいかおめぇたち、牢屋暮らしも何日かの辛抱だ」

積み上げさせた畳の上で徳次らにうそぶく紋蔵は、叩きのめした牢名主に取って代わってご満悦。恃みの新左に蜥蜴《とかげ》の尻尾切りをされたとは、夢にも思っていなかった。

翌日の昼時に、紋蔵と配下の全員は悶死した。

死因は紋蔵に世話になっていたと称する、妙齢の女人が牢内に差し入れた押し寿司だった。入牢《じゅろう》早々に牢内を仕切ろうと考えず、あるいは元牢名主ら古株の囚人に振る舞っておけば命拾いをしたものを、自分たちだけで平らげた欲深さが裏目に出たのだ。

定信の命を奪うために新左が用意した毒を再利用し、寿司に仕込んだのは咲夜。坊主頭をかつらで隠して牢屋敷を訪問し、得意の演技で紋蔵の元情婦を装って差し入れをしたのがまさか大奥出入りの源氏読みとは、誰も気づきはしなかった。

「おかげさんで口封じができました。ありがとうございやす」

蔵前の店を訪れた咲夜から首尾を知らされ、新左は安堵していた。

「仕切り直しだな、門屋。改めて越中守に仕掛けると致そう」

同行した刀庵が励ますように新左に言った。

「先生、何ぞいい手はございやすか」

「越中守の義父を囮《おとり》に使い、おびき出すのだ」

「義理の父親っていうと、白河十一万石の隠居のことですかい」

「左様。強いて養子に迎えた越中守と違うて、脇の甘い老人だ。人質に取るのも容易かろう」

「そうは言っても、住んでいるのは八丁堀の上屋敷でござんしょう？　連れ出すのは難しいんじゃありやせんか」

「懸念は無用です。あちらから出て参りますから」

難色を示した新左に咲夜が言った。

「出て参るって、どちらにですかい」

「上野の山です。桜が余さず散る前にお忍びで出かけると、西の丸下の屋敷に知らせがありました」

「左様か。ならば俺に任せよ」

黙って話を聞いていた源吾が口を挟んだ。

「白河の隠居は国許で花見の最中に倒れて以来、立ち歩きが不自由になったと聞いておる。忍び駕籠ならば警護の者も少なかろうし、赤子の手をひねるがごとしであろう」

「大した自信だな。されればお手並み拝見と参ろうか、室井殿」

刀庵が薄く笑って言った。

「ところで木葉先生、風見竜之介はどう出てくると思いやすかい」

新左が不安そうに刀庵に問いかけた。

「案ずるな門屋。人質の子供は取り返せても、おぬしにはたどり着けまい」

「ですが先生、こっちは巾着を奪われちまってるんですぜ？」

「あやつの甥の血が付着したと申す巾着のことか」

「連中は犬を使いやす。あの巾着にゃ肌身離さずにいたあたしの臭いもたんと染み付いておりやすし、中の鍵も錠前屋に当たりをつけりゃ……」

「おぬし、あやつが斬り込んで参るとでも思うておるのか」

「へい。甥の意趣返しに」

「あり得ぬ話だ。あやつは主殿頭様のご無念を晴らすことより我が身が大事な男。直参旗本が上意討ちならざる人斬りを致さば罪に問われ、当人は腹を切らされて婿入り先はお取り潰しだ。左様なことなど望むまい」

「それじゃ、あたしのことは」

「憎んではおろうが手出しはできまい。枕を高うして眠るがいい」

呟く刀庵は苦笑交じり。

手練の竜之介とは敵対するより、むしろ仲間として手を組みたい。

意次の血を引く者が仲間となれば、意趣返しの正統性も増すだろう。

しかし、当の竜之介に復讐を遂げる意志が全く見受けられぬ以上、当てにするだけ無駄である。

邪魔立てされれば戦わざるを得ないが、竜之介は風見家の婿という立場を何よりも大事にしている。そうである限り、無謀な行動には出られまい——。

二

非番の竜之介は屋敷の自室で一人、じっと考え込んでいた。

刀庵が読んだ通り、新左に手を出しかねていた。

仔犬が奪ってくれた巾着の血の痕に加えて、中に収められていた鍵も調べがついている。帳助が錠前屋に聞き込みをしたところ、注文したのは蔵前の門屋に相違ないとのことだった。

その鍵は今、竜之介の目の前に置かれている。

犬が臭いを嗅いで突き止めたというだけでは証しは立たぬが、特別誂えの鍵は動かぬ証拠。目付から町奉行所に手配をさせ、かどわかしの黒幕として捕らえて貰うことも可能だろう。

だが、それは定信が狙われている事実を公にすることとなる。

御用にされた新左はどのみち助からぬのならばと取り調べで己の企みをぶちまけ、竜之介を刺客に仕立てるつもりだったことも言いかねない。ただでさえ世間で嫌われている田沼の家名の印象が悪くなり、一万石の小大名にされた意明の立場もさらに悪化し、復権どころではなくなってしまう。

事が公になれば、定信の立場にも悪い影響が出るだろう。

この二年、定信は堅物として幕政を主導してきた。

その定信が恨みを買って殺されかけたと世間に知れれば、清廉潔白が売りなのに何事か、実は裏で悪いことをしていたのではないかと余計な勘繰りを招き、支持していた人々まで失望させてしまう。

政に携わる者は、自分に対する批判を正面から否定するのが難しい。

たとえば定信が町中で、

『お前の政は間違っている』

『お前が世の中を駄目にした』

と面罵されても相手を無礼討ちにするどころか、その場で捕らえることもできかねる。批判されるだけの理由があるのだと、自ら認めることになってしまうからだ。

たとえ伯父の憎い仇であっても、定信は失脚させるには早すぎる。

家斉が将軍として親政を行うのが可能な年齢、せめて二十歳になるまでは現職に留まることを周囲は望んでいる。

竜之介の独断で、批判を招く原因を作ってはなるまい。

確かに門屋は憎い。大事な甥を、分家とはいえ田沼の家名を継ぐ身の少年を殴りつけ、誘拐した上に普請場にまで送り込み、酷い目に遭わせた張本人を御用にし、重い刑に処して貰いたい。

だが、それは叶わぬことだ。

はらわたが煮えくり返ろうとも、見逃さざるを得ないのだ——。

三

その頃、中奥では定信が家斉と二人きりになっていた。

「そのほう、またしても命を狙われたと申すのか?」

「面目なき次第にございまする」

驚く家斉に、定信は深々と頭を下げた。

竜之介の甥が誘拐され、その目的が暗殺をさせるためだったという事実を突き止めたのは定信の家臣たち。日頃から江戸市中を探索し、世間の実情と政策に対する反応を調べるのを役目とする面々なれば可能なことだった。

竜之介が敢えて目付に届け出ずにいることも、定信は既に察していた。

大事な甥を酷い目に遭わされながらも、黙して耐えているのだろう。

定信の立場が不利にならぬように、公にするのを避けているのだ。

竜之介は政務に携わる身に非ずとも、幕府の内情を知っている。

伯父の仇の定信を守るために、私情を殺しているに違いない。

感謝すべきだが、田沼の一族に借りを作るのは不本意な定信であった。

「上様、一つお願いの儀がございまする」

「苦しゅうない。申せ」

「風見竜之介に葵《あおい》の覆面を御与え頂きとう存じまする」

「葵の覆面？　何じゃ、それは」

「家重公の御世より代々、秘かに行われて参ったことと仄聞《そくぶん》致しました」

戸惑う家斉に定信は子細を説明した。

「ふむ……されば将軍家は二代に亘《わた》り、信を預けた者たちに左様なものを与えておるのだな？」

「御意」

「よりにもよって……因果なことだな、越中守」

「それが風見竜之介の宿命かと存じまする」

家斉の問いかけに、定信は真顔で答えた。

竜之介に借りを作らず、逆にこちらが貸しを作る。

自分の補佐なくして政務を行えない家斉にとっても望ましいことなのだ、と定信は確信していた。

「それにしても御台の手縫いとは、難儀な習わしだの」

「御台所様には御雑作をおかけ致しまするが、何卒よしなに御取り計らいの程、伏してお頼み申し上げまする」

「相分かった。今宵の伽はお預けだな」

家斉は苦笑いを浮かべて言った。

「そのほうらは知らぬだろうが、お茂……御台は裁縫が得意でな、余と共に一橋の屋敷で暮らしておった頃から人形だの小物だの、あれこれ縫うていたものよ」

「それは幸いにございまする」

「まぁ見ておれ。そのほうが目を剝く程の出来に仕立てさせようぞ」

四

翌日、竜之介は家斉の個室である御用の間に呼び出された。

碁将棋の相手と思いきや、他には誰もいない。

「風見、近う」

戸惑いを隠せぬ竜之介に家斉は手招きをした。

「ははっ」

竜之介は折り目正しく膝を進め、家斉の正面に座った。

「そのほうに下げ渡す。受け取れ」

「頂戴致しまする」

差し伸べた手に載せられたのは、折り畳まれた覆面だった。

「広げてみよ」

「御意」

命じられるがままにしたとたん、竜之介の表情が強張った。

「……上様、これは一体……」

「ん？　見ての通りの葵の紋だが」

「お恐れながら御家紋を額に頂く覆面など、聞いたこともございませぬ」

「さもあろう。この世に二つとなき、御台の手縫いだからな」

「御台所様が、御自ら？」

「左様なしきたりなのだと越中が言うておった。先々代、余の大叔父である家重様の頃からのな。実を申さば、余も昨日知ったばかりのことなのだ」

そう前置きをすると、家斉は竜之介に語った。

「そのほうも知っての通り、政とは真に難儀なものだ。世人の批判をゆめゆめ受けてはならず、押さえ込むために表立って力を使うことも憚られるとあれば、裏にて始末するより他にあるまい」

答えられない竜之介に、家斉は続けて言った。

「その裏をな、そのほうに任せたいのだ」

「裏、にございまするか」

「左様。それなる覆面を着け、越中が一命を狙う者どもを成敗するのだ」

「ご下命とあらば、是非もございませぬ」

「良き答えだ」

家斉は微笑んだ。

「断っておくが、余の適当な思いつきではない。申した通り、先々代からのしきたりなのだ。将軍の側近くに仕えながら政に関わらず、万事を秘する責を負うておる小姓と小納戸から、ふさわしき者がおらねば身内も含めて選び抜き、将軍家に害をなす輩を人知れず駆逐するための……な」

「されば、これまでにも？」

「家重様と家治様が一つずつ、御与えになられたそうだ」

「それ程の御品を、上様はそれがしに……」

「恐悦するには及ばぬ。そのほうが小姓に任じられて以来の奉公ぶりを日々見て決めたことだ。むろん、剣の技量もな」

家斉は微笑みながら言った。

「柳生のじいから強いて訊き出したぞ。そのほうには危地に陥らば自ずと出る、奥の手があるそうだな」

「は……」

「申さずともよい。それをじいから聞いて、頼もしいと思うただけだ」

「恥ずかしながら武家の習いに反する技にございまする。但馬守様のご門下に身を置くことをご遠慮申し上げたのも、その手を立ち合いの場にて出してしまうたがゆえにございますれば」

「使いたくないと申すか」

「御意」

「それは許さぬぞ。必要となりし折には迷わず使え。そのほうには生きて任を全うする責があるのだ。表も裏も等しゅう励め」

「上様……」

「大和だけでは余の稽古の相手は足りぬ。向後《こうご》もよしなに頼むぞ」

家斉は笑顔で告げると席を立つ。

竜之介は平伏して見送った。

手にした覆面に、改めて目を向ける。

家斉から命じられたのは、この覆面を以て定信を守ること。

たとえ伯父の仇であろうとも将軍家のため、ひいては日の本のために今死なせてはならない存在だ。

それに、この覆面は竜之介自身のためにもなる。

田沼の家名を脅かした敵を堂々と討ち取れる、お墨付きでもあるからだ。

竜之介は畳んだ覆面を懐に収める。

同役の小姓たちはもちろん家中の人々、弓香と多門にも見せてはならないと肝に銘じていた。

五

翌日、竜之介の奥小姓としての当番は無事に明けた。

下城したら裏の当番が待っている。

門屋に乗り込み、あるじの新左を成敗するのだ。

用心棒の浪人と手代たちも同様である。

忠と信一郎から聞いた話によると、室井源吾という用心棒は尋常ならざる使い手らしい。

一人で乗り込み、勝機があるのか定かではなかった。

相手は中洲新地で蹴散らした、荒くれとは格が違うのだ。

札差の手代は、旗本と御家人を相手取って後れを取らぬ連中。

当世の直参が総じて弱体化しているとはいえ、甘く見てはなるまい。

「すまぬが一人にしてくれ。夕餉も要らぬ」

「殿様、何とされましたのか?」

「頼む」

屋敷に戻った竜之介は弓香を下がらせると、まず刀の手入れをした。

定寸《じょうすん》の大小は元服して以来、日々手に慣らしてきた二振りだ。

脇差もただの飾りではなく武具と見なし、扱いを覚えてきた。

竜之介は一度も人を斬ったことがない。

戦いの経験こそ多いものの、命まで絶つことはなかった。

武士が人を斬るのは、主君に命じられた時のみ。

そう思うがゆえ、私の闘争では斬ることをせずに通してきた。

だが、今宵の戦いは上意である。

この葵の覆面に懸けて、一人も討ち漏らしてはなるまい——。

竜之介は支度を終えた。

墨の小袖に袴を穿き、脇差を帯前に差す。

闇に紛れると同時に、覆面の薄墨色に合わせた装いであった。

十三の蕊《しべ》を持つ三つ葉葵が額に刺繡された頭巾には紋所を隠す布があり、下ろしておけば見て取れない造りとなっている。

この布を捲《まく》った時、竜之介は葵の覆面剣士と化すのだ。

竜之介は刀を手にして腰を上げた。

障子を開き、廊下に出る。

いつの間にか、弓香と多門が立っていた。

「お前様、左様なお姿で何処へ参られるのですか」

「夕餉ぐらい食うていきなされ、婿殿」

「御免」

竜之介は構わず歩き出そうとした。

すれ違った瞬間、ふっと額が軽くなる。

多門が隠し布を捲ったのだ。

「無礼でござるぞ、義父上っ」

竜之介が思わず言ったのは、葵の紋所は将軍家そのものと幼い頃から教えられてきたがゆえのこと。それは多門も同じはずだ。

「分かっとる。分かっておるとも」

既に多門は弓香ともども膝を揃え、うやうやしく頭を下げていた。

覆面の額に葵の御紋があると、最初から分かっていた反応だった。

戸惑いながらも竜之介は布を下ろし、御紋を隠す。

それを目の隅で見届け、多門と弓香は面を上げた。

「実はな、婿殿」

多門が少々困った様子で告げてきた。

「その覆面、わしも授かっておったのよ」

「は？」

「私もでございます、お前様」

弓香まで思わぬことを言い出した。

二人が同時に取り出したのは、竜之介が家斉から授けられたものと同様の薄墨色の覆面。そっと二人が捲った隠し布の下に刺繡されていたのは、家斉の紋所に先駆けて蕊の数が十三に統一された、九代家重と十代家治の三つ葉葵であった。

竜之介は慌てて廊下に跪《ひざまず》く。

二人は隠し布を元に戻した。

「されば、お二人が先代と先々代の……？」

いまだ信じ難い面持ちで竜之介は問う。

「左様。その、何だ、葵の覆面剣士……ということになるかのう」

その名乗りが恥ずかしいのか、俯き加減で多門は呟く。

一方、弓香はどこか嬉しそうにしていた。

「お前様、腹が減ってはでございまするよ」

「う、うむ」

「ひとまず覆面をお脱ぎくだされ。篠さんと花が台所におりますので驚かせぬように
お願いします」

「し、承知」

「いつも倉田様に先輩と呼ばれておるお前様も、今宵から私の後輩でございますね」

「そ、そういうことになるな」

「ご安心くだされ。まずは初陣に向けてお腹を拵えましょう」

「かたじけない、先輩」

「心得ました、後輩殿」

弓香に伴われ、竜之介は廊下を渡っていく。

「やはり選ばれおったか……わしの目に狂いはなかったようだのう」

その姿を見送りながら、多門は満足そうに呟いた。

六

蔵前の門屋では、新左が私室で源吾と語り合っていた。

「ほんとにお一人で仕掛けなさるんですかい」

「二言はない。俺に任せよ」

「そりゃ、お前さんの腕は信用しておりやすけどね」

そう言いながらも新左は不安を否めぬ様子。

明日は定信の義理の父である、松平定邦《さだくに》がお忍びで駕籠を仕立て、上野のお山へ花見に出かける日だ。

その駕籠を襲って定邦を連れ去り、定信を一人で来るのを条件に呼び出す。

仕留めた後で定邦も殺害し、父子の亡骸を揃って晒しものにすることで幕府の威光を失墜させるというのが、刀庵から示された策であった。

「木葉先生から知恵を借りるだけじゃなく、助太刀もしてもらったらどうでしょうかね」

「くどいぞ門屋。それよりも、早う信綱を持って参れ」

「分かっております。その代わり、絶対に傷もんにしないでくださいよ」

不承不承、新左は錦袋に収めた大脇差を差し出した。

「おお、ついにこれで斬る日が来たのだな」

源吾は嬉々として口紐を解き、大脇差を手に取った。

あらかじめ用意していた道具箱の蓋を開き、元の拵を外していく。

刀身だけになった姿をしばし眺めると、拵を組み立てに取りかかった。

大脇差の長さと反りに合わせた柄《つか》は平《ひら》巻き。

鞘は鉄輪《かなわ》が二ヶ所に付いていた。

「前のより頑丈そうな拵《の》を選びなすったねぇ」

刀身が鞘に納められるのを待って、新左が口を開いた。

「俺が街道筋を荒らしておった頃に、手を焼かされたのと同じものだ。無宿と申せど年季の入った渡世人は侮れぬ。やり合うて学んだことも多かったよ」

源吾はうそぶきながら立ち上がり、大脇差を左腰に帯びる。元々腰にしていた脇差に替えて、差し添えにしたのである。

「さて、ちと試して参るかの」

「辻斬りはご勘弁願いますよ。このところ火盗改もうるさいし、要らぬ詮索をされたくないんでね」

「案ずるでない。人を斬る楽しみは後に取っておこうぞ」

にやりと笑って源吾は障子を開く。

「だ、旦那っ」

「曲者でございやす！」

手代たちの動揺した声が聞こえてきた。

庭に入り込んだのは三人。いずれも墨染めの小袖と袴姿。薄墨色の覆面で顔を隠している。

「何者だ」

源吾が鋭く誰何《すいか》した。

答えることなく、横に並んだ中心の一人が覆面の額に手を掛ける。

すっと捲った布の下から現れたのは、十三蕊の三つ葉葵。

若き十一代将軍、徳川家斉の紋所だ。

左右の二人も額の隠し布を捲り上げた。

ずんぐりした体つきの二人目が、そして一人目よりやや背の高い三人目がそれぞれ額に頂く三つ葉葵も、蕊の数は同じく十三。

「葵の御紋だと?」

「そんな……」

新左たちは動揺しながらもその場で跪く。

三つ葉葵は将軍その人に等しい存在。

相対した時は頭を下げて礼を尽くすべし。

徳川の世で受け継がれてきた習性には逆らえない。

元は御家人の源吾も驚きを露わにしたまま、縁側で膝をついていた。

「おぬしらに申し渡す」

家斉の紋所の男が口を開いた。

覆面越しで変わっているものの、源吾が聞いた覚えのある声だった。

「松平越中守定信様を亡き者にせんと企みて一度ならず二度までも、年端の行かぬ少年まで巻き込んだこと許し難し。三度目はなきものと心得い」

「思い出したぞ！　うぬ、風見竜之介だな」

源吾が縁側から声も鋭く告げてきた。

忠を探して歩くのを尾行し、十兵衛や茂七らと交わす会話を耳にしていたのだ。

「風見だって？」

続いて新左と手代たちも面を上げた。

「分かったよ風見さん。お連れは舅と奥方だね」

「ふふん、ならば何とする気じゃ、門屋」

家重の紋所の男——多門が覆面の下で笑った。

「同じ門の字を名乗っておっても、おぬしの家は汚いのう。どこもかしこも臭うて敵《かな》わんぞ」

「ふざけるない、年寄りの冷や水が！」

「そう思うのなら試してみるかね」

いきり立った新左を見返し、多門は持参の武具を構えた。

捻りを加えると、ばね仕掛けの槍穂が現れた。

三尺、約九〇センチの柄が着いた手槍だ。寝所に備え付けられたことから枕槍とも呼ばれる、太平の世で持ち歩いても咎めを受けぬ長さのものである。

多門は同じ手槍を、他に二本持参していた。刀は帯びず、脇差だけを帯前に差している。

「父上、私も」

家治の紋所の女——弓香が帯びた刀は長物。

三尺をわずかに下回る刀身は、禁制に触れないぎりぎりの長さ。竜之介が日頃から腰にしている二尺三寸、約六九センチから二尺三寸五分、約七〇・五センチが定寸と呼ばれる、武士の刀の基本であった。

「お前たち、やっちまいな」

「へいっ」

新左の声を合図に、手代たちが得物《えもの》を抜き放った。

日頃から夜間の見張りを役目とするため、手代たちは匕首ばかりか長脇差も常備している。

手に手に構えた姿は堂に入っており、日頃から慣らしていると分かる。

「なかなかだな。こっちも遠慮せんでええから楽だわい」

多門は覆面の下で微笑んだ。

「野郎っ」

突いてきた匕首をかわしざま、ずんと手槍を叩き込む。

「こいつ」

二人の手代が同時に長脇差で斬りかかった。

多門は突き刺したのをそのままに、残る二本を両手で握る。

槍穂が跳び出し、間合いに入った二人の手代を同時に貫く。

残る手代たちは竜之介と弓香に迫っていた。

弓香の両手が刀に掛かる。

抜き打ちの一刀が、手代の胴を薙ぎ斬った。

返す刀の動きも速い。

後ろから迫ろうとした手代の喉がひゅうと鳴る。

血しぶきを上げて倒れ込むのを尻目に、弓香は前進。腰高《こしだか》に構えた刀を横薙ぎに振り抜き、間合いに入った手代を斬り倒す。

遠心力に負けることなく刀を返す動きの速さは小手先ではなく、鍛え抜かれた足腰によって支えられている。

ゆえに並より長い刀身でも危なげなく、ふらつくこともないのだ。

「どうした、腰が引けておるぞ」

動揺を隠せぬ手代たちに、竜之介は静かに告げた。

「何だと」

「てめぇ」

負けじと斬りかかった手代たちが、瞬く間に斬り伏せられた。

長年に亘って形稽古を繰り返してきた技は、剣客の五体を自ずと動かす。

竜之介の動きがまさにそれである。

背後を取ろうとしても無駄だった。

向き直りざまに斬り倒し、竜之介は再び前を向く。

切っ先で機先を制されて、思わず動きを止めた一瞬は命取り。

また一人、手代が夜更けの中庭に斬り倒された。

「くっ」

新左は慌てて懐に手を入れる。

抜いた短刀は拵つき。

その造りが特殊なことを多門は目の隅で捉えていた。

最初に仕留めた手代に突き刺したままにしていた手槍を抜き取り、助走と共に投げつける。

貫かれた瞬間、銃声が闇に轟く。いつも懐に忍ばせていた短刀は、抜け荷商いで手に入れたのに拵をつけた仕込み銃だったのだ。

手代たちはいつの間にか全滅していた。

残るは源吾ただ一人。

向かって行ったのは竜之介。

弓香と多門は手を出さず、遠間で得物を構えるのみ。

竜之介と源吾は無言で向き合った。

二人は同時に振りかぶった。

源吾の刀はやや長め。

届く間合いもそれだけ広い。

竜之介は臆さずに、その間合いへと踏み込んでいく。

迫る切っ先を避けることなく受け流し、源吾の近間に入り込む。

源吾はとっさに刀を捨て、差し添えの大脇差を抜き放った。

竜之介の刀と源吾の大脇差がぶつかり合った。

腰から押していく、源吾の体《たい》の捌《さば》きは力強い。

竜之介も負けじと押し返し、二人の合わせた刃が軋み合う。

源吾はそのまま竜之介に蹴りつけた。流浪の旅で鍛えられた足腰は強靭《きょうじん》だった。

堪らずよろめくところに大脇差が迫り来る。

肉を貫く音がした。

「ば、馬鹿な……」

源吾が苦悶の呻きを上げる。

竜之介は脇差を手にしていた。

源吾のごとく、刀を捨てた上のことではない。

右手に刀を持ったまま、左手で抜いた脇差が源吾の腹を貫いたのだ。

「うぬ……左利きであったのか」

「竜尾斬《りゅうびざん》」

竜之介が答えたのは、ただ一言。

「竜の尾で斬る、か……はは、ずんと骨身に響いたぞ」

源吾は苦笑いをしながら呟いた。

竜之介の脇差は源吾の腹を刺しただけではない。

腹の中の切っ先で、臓腑を斬り裂いていたのだ。ゆえに「斬」と言ったのだ。

肉が裂けても縫えば治るが、ひとたび裂かれてしまったはらわたには手の施しようがない。

「旗本にも……手練はおるのだな……」

どっと源吾が崩れ落ちる。

竜之介の左手は窮地に陥った時、無意識の内に動く。

本来の利き手が身を守るために技を繰り出すのだ。

蜥蜴《とかげ》は尾を断って難を逃れるが、竜の尾は違う。

意志を以て動き、戦い、本体を救わんとする。

そうありたいと願う竜之介の名は、意次の幼名である龍助《りゅうすけ》に由来する。

竜之介は誕生した時、その一字を当人から授かったのだ。意次は元の字を使うて構わぬと言ったものの、略字の竜としたのは亡き父の遠慮。偉大な伯父にいまだ及ばぬ身には、略字でも過ぎた名だと竜之介は思う。

この名に恥じぬように生きねばなるまい。

初めての真剣勝負を終えて、そう誓った。

「お前様」

「婿殿」

弓香と多門が呼びかけてくる。

竜之介は二振りの刀に拭いをかけ、鞘に納めた。

源吾の大脇差を持ち帰ることは忘れない。

信一郎の父、柴伊織。

あの男にも恥じぬ生き方をしてほしいと、切に願っていた。

「軍資金を増やす人は別口で構《かめ》へんけど……やっぱり味方に欲しいなぁ」

門屋から去り行く三人を蔭から見ていた刀庵は、京言葉で一人呟く。

「兄上」

「ええやないか。本気で物を言うと京言葉に戻るんや」

同行した咲夜が注意をしても、刀庵は改めない。

遠ざかっていく竜之介の背中に向ける視線は熱かった。

七

早いもので三月も半ばを過ぎた。江戸は初夏を思わせる陽気である。

当番が明けての下城中、竜之介は道場帰りの忠と信一郎を見かけた。

肩を並べて歩く姿に、自ずと笑みを誘われる。

「風見殿」

そこに声をかけてきた伊織も、同じく道場帰りである。

「柴殿か。今日も子供たちに指南を？」

「左様。竹刀に不慣れな師範代なれど、皆も慣れてくれたようだ。最も手厳しいのは我が子なのだが……な」

馬上から問う竜之介に、伊織は照れた面持ちで答える。

いまだ無役の身であっても、子に恥じぬ親でありたい。その一念で二人の通う町道場に雇って貰い、稽古を付ける毎日を送っていた。


竜之介は疾風を降り、伊織と神社の境内に入った。

留太と末松、おりんはこの社を去り、風見家の空き長屋の一室で暮らしている。それぞれ家中の仕事を手伝い、家来の一同とも馴染んでいた。

「風見殿、これを」

「忠綱ではないか。まだ売却していなかったのか？」

「その気はもはやござらぬよ。これなる大脇差は山城守様のお命を奪い、主殿頭様のご家中に、ひいては貴公にまで災いをもたらした一振りの陰打ちにござる。売って大金など得てしもうては申し訳が立つまい」

「左様な遠慮は無用にござる」

「いや、実は亡き妻の実家からまとまった金を用立てて貰うてな。これから御様御《おためしご》用《よう》の山田《やまだ》殿を訪ね、打ち折って貰うつもりなのだ」

「本気か、柴殿」

「むろんだ」

「ならば、それがしが折っても構わぬか」

「風見殿……」

「他意はござらぬ。ただ、供養のためにと思うてな」

竜之介が口にした供養とは、この一振り自身のためでもあった。

元より刀に罪はない。

鍛えた忠綱にも罪はない。

だが、この大脇差は穢《けが》されてしまった。

田沼家を諸悪の根源と決めつけた世間の風潮が価格を高騰させ、金に糸目を付けず所有したい、自分も斬ってみたいという歪んだ行動まで招いてしまった。

意知を死に至らしめた大脇差は事件の証拠の品として、評定所の蔵辺りに秘蔵されているはずだ。元より誰にも手は出せない。

ならば、この陰打ちの一振りだけでもいい。

悪しき連鎖を断ち切りたい。

竜之介は左腰に帯びた定寸の刀を抜いた。

「動いては相ならぬぞ」

平《ひら》にして持つ伊織に注意を与えた直後、一刀の下に大脇差を両断する。

本来は左利きであるがゆえに、右利きが前提の刀を精緻に捌く。

その心がけが、竜之介の技をここまで高めた背景にあった。


神社を後にする間際、伊織は思わぬ話を竜之介に明かした。

「出世の約定？」

「左様。それを山城守様に反故《ほご》にされたのが、善左衛門が襲撃に及びし真の理由にござる」

「左様なことならば、前々から言われておったであろう」

「いや。出世と言うても柳営《りゅうえい》の役職に非ず、松前《まつまえ》様のご家中にござるよ」

「松前侯だと」

「善左らが手を貸して蝦夷地《えぞち》を独立させ、北の王国とした上で琉球《りゅうきゅう》を我が物としておられる島津《しまづ》侯のごとく松前様が支配した暁に、という約定だったと聞いておる。その松前様との密約を山城守様は反故になされたのだ」

「松前と申さば先生、いや、柳生様の」

「左様。将軍家剣術指南役、柳生但馬守俊則様のご実家にござるよ」

竜之介は絶句する。亡き伯父の意次と共に敬愛してきた師匠に関わる大事を聞かされ、茫然とせずにはいられない。

還暦を迎えても剣の道一筋の恩師が関わっているとは思いたくない。

しかし松前家の現当主、松前志摩守《しまのかみ》道広《みちひろ》は俊則の甥。

叔父が甥を想う気持ちの強さは、元より竜之介も承知している。

竜之介は三つ葉葵の紋所の威光の下、悪を斬ることを許された。

特権であると同時に、私情を絡めてはならないことだ。

もしも俊則が悪しき企みに加担していた時、自分に成敗できるのか？

立ち尽くす竜之介の頭上の空は、いつもに増して明るく晴れ渡っていた。

時代小説
二見時代小説文庫

斬《き》るは主命《しゅめい》 奥小姓《おくごしょう》 裏始末《うらしまつ》1

著者 青田《あおた》圭一《けいいち》

発行所 株式会社 二見書房
東京都千代田区神田三崎町二－一八－一一
電話 〇三－三五一五－二三一一［営業］
〇三－三五一五－二三一三［編集］
振替 〇〇一七〇－四－二六三九

印刷 株式会社 堀内印刷所
製本 株式会社 村上製本所

落丁・乱丁本はお取り替えいたします。
定価は、カバーに表示してあります。

 ISBN978-4-576-20094-1
https://www.futami.co.jp/

怪盗 黒猫
1
和久田正明